JN204931

ヤイレスーホ

Yaylesuho

Yukimushi Sugano

菅野雪虫

講談社

ヤイレスーホ

序《じょ》　ツルの神の語り

北の果ての　浜辺《はまべ》の上を
私《わたし》は一羽のツルの姿《すがた》になって飛んでいた。
浜辺には　たくさんの子どもたちがいて
その中に　親のない子どもがいた。
私は　その子どもが気になって
しばらく浜辺の上を　飛んでいた。

たくさんの子どもたちが　私《わたし》を射落《いお》とそうと
弓で矢を射てきたが　私は当たらなかった。

私は親のない子どもの矢に当たってやろうと思ったが
その子どもは　弓矢を持っていなかった。

その子どもは　じっとうつむいていた。
一度も顔を上げて　空を見なかった。

私に気づかない子どもには　なにもできない。
残念に思いながら　私は浜辺《はまべ》をあとにした。

目次

装画…マタジロウ

装丁…大岡喜直（next door design）

一、二人の神

白鳥たちの群《む》れが、広い沼地《ぬまち》の上を飛んでいました。

白い大きな翼《つばさ》の下では、ススキやガマの穂《ほ》が風に揺《ゆ》れ、赤や黄に染《そ》まった木の葉が、水の上にはらはらと落ちてゆきます。

北から南へと向かう群れを横切るように、白鳥たちより一回り体の細い、首の黒い鳥が、東から西へと飛んでゆきました。サロルン・カムイ（湿原《しつげん》の神）と呼《よ》ばれるツルの神です。

海を右手に大地を左手に、長い浜辺《はまべ》に沿《そ》って飛んできたツルの神は、崖《がけ》から突《つ》き出《だ》した松の木に降《お》り立《た》ちました。枝《えだ》の上にとまっていた旧知《きゅうち》の友を見つけたからです。

「やあ、久《ひさ》しぶり」

翼を折りたたんだツルの神は、友に声をかけました。

「おや、ツルがこんなところにと思ったら、やっぱりあんたか」

そう答えたのは、大きな松ぼっくりのような体に長いくちばしのミソサザイの神でした。人間から見たらとても小さく、捕《つか》まえても食べる所のないような鳥でしたが、実は鳥の神々の中では一目《いちもく》おかれている存在《そんざい》です。

「あいかわらず目がいいな」

「あんたは小さくても目に入るんだよ」

この一見吹《ふ》けば飛《と》ぶような神が、なぜ仲間たちからは一目おかれているのでしょう？

それはかつて、大きな大きな荒《あ》れグマが暴《あば》れ回《まわ》っていた時に、賢《かしこ》いツルの神も勇敢《ゆうかん》なワシの神も恐《おそ》れをなして手を出せない中で、この小さな神だけが何度も耳の穴《あな》をつついて弱らせ、倒《たお》したことがあったからです。

小さな体に大きな勇気を持った鳥――それが、このミソサザイの神でした。

「最近、こっちの人間たちはどうだい？」

「変わらないよ。まっとうな者は、まっとうに暮《く》らしているし……」

「そうでない者は、そうでない暮らしか」

二人の神が見つめる先には、肥沃《ひよく》な大地が広がっています。海からの強い風は松林でいったんやわらぎ、そのそばのコタン（村）の家々の庭先に吹《ふ》き込《こ》んで、干《ほ》された肉や魚をよく乾《かわ》かしていました。たくさんの肉や魚があるということは、豊《ゆた》かな収穫《しゅうかく》があるということです。このコタンの人々は、安心して冬を越《こ》すことができるでしょう。

「そういえば、あの子は元気かい？」

ツルの神が聞きました。

「そう。私《わたし》が、あの子のひょろひょろした矢に当たってやってから、ちょうど十年になる」

「もう、そんなにたつのか！」

「ああ、チポロか」

早いもんだ、とミソサザイの神は首をすくめました。

「じゃあ、俺《おれ》が会ったのは、あんたに頼《たの》まれて、旅に出るあいつにつきあった時だから……七年前ってとこか？」

「そうだ。十年前は、子どもたちの中でも馬鹿《ばか》にされていた、やせっぽっちのみそっかす。それでもがんばって古い弓から矢を射《い》てくるので、『今日はあの子の晩《ばん》のおかずになってやろうか』と、私はわざと当たってみた」

「だれも信じなかったんだって？」

「ああ。みんな、ほかの子の矢だと思ってたよ」

「どんだけ見くびられてたんだ、あいつ」

ミソサザイの神の言い方に、ツルの神はぷっと笑いました。

『まずいな、このままではほかの子どものものになってしまう』と思ったら、あの優《やさ》しい娘《むすめ》が言ってくれた。『チポロの矢よ』って」

「ああ、イレシュか」

「だから、私《わたし》はチポロのものになった」

ツルの神は、懐《なつ》かしそうに言いました。

胸《むね》に矢を刺《さ》したまま運ばれたチポロの粗末《そまつ》な家には、父も母もいませんでした。けれど祖母《そぼ》のチヌは、孫が初めて捕《と》ってきた大きな獲物《えもの》に、ていねいな礼と祈《いの》りをささげ、一本の羽根も無駄《むだ》にせず、一片《いっぺん》の肉もあます所なく料理してくれました。

「だから私は、あの子の血と肉になれた。濃《こ》い血と、しなやかな肉、それに丈夫《じょうぶ》な皮とよく動く骨《ほね》に。あんたに会った時は、そんなにみそっかすじゃなかっただろう?」

「まあな」

ツルの神との出会いでチポロは変わりました。それまでは貧乏《びんぼう》で負け続けで、「自分の人生には、なにもいいことなんて起こらない」と思っているような子どもでしたが、「失敗してもいい。やってみれば、うまくいくことがあるかも」と、考えるようになったのです。

そう思って練習しているうちに弓の腕《うで》も上がり、チポロは仲間たちにも認《みと》められるようになってゆきました。

しかし、その矢先に災《わざわ》いが訪《おとず》れます。チポロの住むコタンを魔物《まもの》が襲《おそ》い、イレシュがさらわれ、三年もの間、行方知《ゆくえし》れずになってしまったのです。

最初はその行方を捜《さが》していたイレシュの家族も村の人々も、いつしかあきらめてしまいましたが、チポロだけはあきらめませんでした。そしてついに、旅の商人からイレシュらしき娘《むすめ》の噂《うわさ》を聞き、たった一人で、さいはての港・ノカピラに旅立ったのです。

「でも、やっとイレシュに会えたのに、簡単《かんたん》には帰れなかったんだって？」

「ああ。イレシュはヤイレスーホって魔物に、さわったものを凍《こお》らせる呪《のろ》いをかけられてたからな。だから、ノカピラでは『魔女』って呼《よ》ばれてたんだよ」

「ヤイレスーホ？」

ツルの神は、長い首をかしげました。

「聞いたことがあるな。たしか魔物でありながら、雷神《らいじん》オキクルミの僕《しもべ》ではなかったか？」

「ああ、そうだ。賢《かしこ》い魔物だ」

「それは珍《めずら》しい」

ツルの神は言いました。普通《ふつう》の魔物たちには知恵《ちえ》の欠《か》けらもありません。なにも考えずにただ目の前の獲物《えもの》を追いかけ、捕《つか》まえればあるだけむさぼり、その獲物がなくなれば仲間同士で共食いをするものです。ミソサザイの神もうなずきました。

「それにほかの魔物《まもの》と違《ちが》って、あいつは人間の姿《すがた》になることができた。だからオキクルミはヤイレスーホを使って、地上にいるはずの、自分の妹の忘《わす》れ形見《がたみ》を捜《さが》させたんだ」

「しかし、いくら賢《かしこ》いとはいえ魔物を僕《しもべ》にするとは……。よほど人間を嫌《きら》っていたんだな」

オキクルミは、この世界を創《つく》った兄弟神の弟と、アカダモの女神《めがみ》・チキサニとの間に生まれた、もっとも古く、力のある神の一人です。そして人間の世界で育ち、だれよりも人間をよく知る神でした。

しかし、知っているからこそオキクルミは、人間たちが驕《おご》り、怠《なま》け、争い、堕落《だらく》してゆくことが許《ゆる》せませんでした。特に最愛の妹が地上に降《お》り、そこで人間たちを救うために柳《やなぎ》の木になってしまってからは、いっそう悲しみは深く、憎《にく》しみは強くなっていました。

「そしてついに、永遠《えいえん》にカムイ・ミンタラ（天上の神々が住む国）に帰る決心をした」

「それで、妹の子だけ連れていくことにしたのか。半分は神、半分は人間の子……」

「といっても、妹神は地上に降りた時に、ほとんど神の力を失っていたからな。その子も普通《ふつう》の子にしか見えなかったよ」

「いや、むしろ、やせっぽっちのみそっかす」

「やっと獲物《えもの》を射《い》ても、みなに信じてもらえないほどの」

二人の鳥の神は顔を見合わせ、くっくっと笑いました。

「それが今では、シカマ・カムイの家来《けらい》といっしょに旅して、あちこちで荒《あら》ぶる獣《けもの》の魂《たましい》を鎮《しず》めてるっていうんだから、大したものだ」

シカマ・カムイというのは人間の姿《すがた》をした神でした。五人の家来を連れてさすらい、魔物《まもの》や荒ぶる獣の魂を鎮めている賢者《けんじゃ》です。その五人の家来の「強力《ごうりき》」「早足」「剣豪《けんごう》」「射手《いて》」「槍遣《やりつか》い」に選ばれることは、名実ともにその腕《うで》は最高だという証《あかし》でした。

「今のチポロがあるのは、みんなあんたが最初に矢に当たってやったからさ」

ミソサザイの神が言いました。

「そうでなかったら、ただただ毎日文句《もんく》ばっかりたれてる、ひねくれ者のみそっかす」

「いや、あんたがあの旅についていってやったからだ。そうでなければ、ただの小さなコタンの腕自慢《うでじまん》。井《い》の中《なか》の蛙《かわず》だったさ」

「それを言うなら、すべてはイレシュのおかげだ」

「そういえば、イレシュの方は元気かい？」

ツルの神の問いに、ミソサザイの神は、もそもそとくちばしで体をこすりました。

「まあ、元気といえば元気だが……」

「なにか心配ごとが？」

「いや。神の子と魔物の両方に好かれるような娘《むすめ》は、いろいろと大変なんだよ」

「――なるほどね」ツルの神は察しました。

「まあ、大丈夫《だいじょうぶ》さ。もともと優《やさ》しいだけじゃなく強い子だし、なによりチポロがいるからな」

「あのチポロが、人に頼《たよ》られるようになったか」

ツルの神は、おかしそうに笑いました。それはもし人間が見たならば、ツルがくちばしを空に向けて、甲高《かんだか》く鳴いているように見えたでしょう。

「さて、そろそろ行くかな。ちょっと気になっている子がいるんでね」

ツルの神はそう言って、大きくはばたき、西に向かって長い首を伸《の》ばしました。

「昔のチポロのような子どもかい？」

「……そうだとも言えるし、そうでないとも言える。チポロはいくらみそっかすでも、空を見ていた。矢を射《い》た。あの子は、チポロのように空を見ない。私《わたし》に気づかない」

「一人か？」

「おそらく」

「それは辛《つら》いな。人間は、まして子どもは」

「まったく。その子も気になるし、ほかにも心配になる子どもはたくさんいるが、神はいない。少ない。足りてない」

「忙《いそが》しいったらない」

「お互《たが》いな」

そう言って、暮《く》れかけた空にツルの神は飛び立ちました。夕日に赤く染《そ》まる空に、その体は白い月のようで、ミソサザイの神は、美しい友の姿《すがた》に、しばらく見とれたほどでした。

やがて友の姿は消え、ミソサザイの神は再《ふたた》び大地を眺《なが》めました。松林の向こうに見える家々からは、今日の夕餉《ゆうげ》を煮炊《にた》きする煙《けむり》がのぼっています。しかし、その家々のいくつかには、ぞんぶんに食べられない子どももいれば、打《う》ち捨《す》てられて泣いている子どももいるでしょう。

神々の創《つく》った大地はこんなに広く豊《ゆた》かなのに――。

「なのに、なんでまだ、飢《う》える子どもはいるのかね」

そう呟《つぶや》きながら、ミソサザイの神は飛び立ちました。そのくちばしに、赤いセタンニ（エゾノコリンゴ）の実をくわえて――。

二、眠《ねむ》る蛇《へび》

険《けわ》しい山の上の、深い森の暗い洞窟《どうくつ》の奥《おく》で、一匹《ぴき》の蛇が眠っていました。

この蛇は、普通《ふつう》の蛇ではありません。魔物《まもの》でした。

蛇は普通、冬の間は寒さで体が動きませんが、暖《あたた》かい季節よりは鈍《にぶ》いものの、動き回ることができました。さらに、さまざまな鳥や獣《けもの》の姿《すがた》に変わることもできました。しかし、鳥や獣の姿だと、すぐにほかの獣や人間に追われてしまいます。魔物が一番好んだのは、人間の姿でした。

初めて人間の姿になった時、蛇は近くのコタンに行ってみました。すると人々から、

「なんだ、あいつは?」

「どこから来たんだ?」

という目で、じろじろ見られました。なぜならその髪《かみ》は、ほかの人間のように黒ではなく、うろこと同じ銀色で、目の色も黒ではなく黄色と青色――光の加減《かげん》によっては、金色と銀色に光ったからです。それはフクロウなど森の動物にはたまにいますが、人間ではめったにない色でした。

（人間の姿《すがた》は気に入った。寒くても体が動くし、この二本の手で物を作るのも、道具を使うのもおもしろい。だが、この目の色は目立ちすぎる）

姿そのものは変えられるのに、どうして目の色ごときが変えられないのか——蛇《へび》の魔物《まもの》は不思議でしたが、どう努力しても変わらないのであきらめました。

じろじろと見られないようにするには、夜の暗い時間に出歩けばいいのです。昼間は休むか本来の姿で過《す》ごし、夜になって人の集まる場に紛《まぎ》れ込《こ》むのを、魔物は楽しむようになりました。そして魔物は、目の色にさえ気づかれなければ、人間になった自分の姿は、人好きのする外見だということがわかりました。銀の髪《かみ》と、黄色と青色の目を持つ魔物は、

「気持ち悪い」

「不吉《ふきつ》だ」

と言う者と、

「珍《めずら》しい」

「きれいだ」

と言う者と半々でした。こうして魔物は人間の世界になじんでゆくうちに、その不思議な姿が知《し》れ渡《わた》るようになり、人間を嫌《きら》うオキクルミに声をかけられたのです。

「妹の忘《わす》れ形見《がたみ》を捜《さが》してほしい」

と、オキクルミは言いました。

「うまく捜《さが》し出《だ》すことができたら、おまえの願いをなんでもかなえてやろう」

魔物《まもの》は承諾《しょうだく》しました。オキクルミの妹の忘《わす》れ形見《がたみ》に興味《きょうみ》はありませんでしたが、このめんどうな目の色を、もっと目立たない色に変えてもらおうと思ったのです。

「では、頼《たの》んだぞ。ヤイレスーホよ」

ヤイレスーホという名をもらった魔物は、オキクルミに聞いたススハム・コタン（シシャモの村）を捜しているうちに、一人の少女に出会いました。

蛇《へび》の姿《すがた》でぶざまにも枯《か》れたツタにからまっていた自分を助けてくれた少女に、ヤイレスーホは驚《おどろ》きました。人間にとって蜘蛛《くも》は縁起《えんぎ》のいい生き物でしたが、蛇は反対に不吉《ふきつ》な生き物のはずだったからです。案の定、少女といっしょにいた少年も、自分を気味悪そうに見ていました。その時、ヤイレスーホは、

（人間もいい）

と思いました。目の色よりも、姿そのものを変えてみたくなったのです。

（そして、ずっと人の姿でいよう。もう、うろこだらけで手足もない蛇には戻《もど》りたくない――）

ヤイレスーホはそう思いました。本来とは別な姿に変化《へんげ》していると、疲《つか》れやすく老化も早いので、人間でいられる時間には限《かぎ》りがあります。しかし、オキクルミの力なら、永遠《えいえん》に本来の姿と

同じようにいられるでしょう。

オキクルミに頼《たの》まれた人捜《ひとさが》しは失敗しました。

蛇《へび》の姿《すがた》に戻《もど》されてから、ヤイレスーホは山奥《やまおく》にこもりました。もともと同じような仲間はいません。たずねてくる者も出会う者もなく、ヤイレスーホは眠《ねむ》り続《つづ》けました。

そして、そのまま年月《としつき》が過《す》ぎてゆきました。

ここ数日、ヤイレスーホは、だれかが自分を呼《よ》んでいるような気がしました。最初は気のせいだと思いましたが、その声は日に日に大きくなり、気になって起き上がりました。

(だれだ？)

外が冬だと気づいたヤイレスーホは、寒さに耐《た》えやすい人間の姿になりました。しかし、久しぶりに洞窟《どうくつ》の外に出てみても、一面の雪景色に人影《ひとかげ》はありません。

(なんだ。気のせいか)

ヤイレスーホは、洞窟に戻ろうと思いましたが、数年ぶりの雪の感触《かんしょく》が懐《なつ》かしく、塊《かたまり》を作ってみました。二本の手で、五本の指で物を作るおもしろさを思い出したのです。ヤイレスーホはいくつかの雪の塊に、大きな翼《つばさ》や長い耳や、太い尻尾《しっぽ》をつけてみました。雪を固めて削《けず》り、さらに水をかけて凍《こお》らせるのが楽しく、いくつもの雪の像《ぞう》を作りました。

しかし、それらを何日も繰《く》り返《かえ》すうちに、ふいに空《むな》しくなりました。

(なにをやってるんだ、おれは)

ヤイレスーホは再《ふたた》び洞窟《どうくつ》に戻《もど》り、眠《ねむ》りにつきました。そして幾日《いくにち》かが過《す》ぎた時、ヤイレスーホは、また同じ声と、今度は雪の中を歩く足音も聞きました。

(だれだ……?)

声と足音は、少しずつ確実《かくじつ》に大きくなってきます。決して大きな声でもなければ、重い足音でもありませんでしたが、水に落ちた石のように、耳の底に沈《しず》んで動きませんでした。

(いったい、だれなんだ……?)

ヤイレスーホは人間の姿《すがた》になって起き上がり、かたわらに用意してあった衣《ころも》をはおり、洞窟の外に向かって歩いてゆきました。

三、来訪者《らいほうしゃ》

洞窟《どうくつ》の外へ出たヤイレスーホは、その世界のまぶしさに、二色の目を細めました。洞窟の前に開けた平野には、数日前に作った雪像《せつぞう》が、とけも壊《こわ》れもせずに立っています。

その雪像の間に、うろうろと動き回る、生き物の姿《すがた》がありました。

最初はうしろ足で立った小熊《こぐま》か、とヤイレスーホは思いましたが、冬ごもりしている熊が、出歩いているはずがありません。

枯《か》れ葉《は》や枯《か》れ枝《えだ》のついた古い毛皮の下から、色あせた衣《ころも》と垢《あか》じみた細い足が見えました。どうやら人間の子どものようです。ひどい猫背《ねこぜ》で、髪《かみ》も鳥の巣のようにもつれ、はおった毛皮と同じように枯れ葉や枯れ枝がついているので、動物のように見えたのでした。

人間の子どもは物珍《ものめずら》しそうに、雪像を見上げていました。

「なんだ……これ？」

ヤイレスーホが近づいていくと、そんな呟《つぶや》きが聞こえました。

「……だれが作ったんだ？」

ぶつぶつと子どもは呟《つぶや》いていました。ヤイレスーホが近づくのも、まったく気づかないようです。もっとも、ヤイレスーホは音もなく滑《すべ》るように歩いてゆくので、雪像《せつぞう》に夢中《むちゅう》になっている子どもが気づかないのも当たり前でした。

「すごい……生きてるみたいだ……」

子どもが弓矢もなにも持っていないところをみると、親に狩《か》りに連れられてきたのではないようです。おそらく食べ物を探《さが》して山に迷《まよ》い込《こ》んだのでしょう。それにしても、こんな山奥《やまおく》まで一人でやってくるとは――と、ヤイレスーホはあきれました。

太陽は真上より西にあります。冬の日が暮《く》れるまで、あと少しです。山の東側にあるこの洞窟《どうくつ》のあたりは、あっという間に闇《やみ》になるでしょう。まだ明るいうちに、この子どもがふもとの家に帰ることはできません。

まあ、いい――ヤイレスーホは思いました。自分には関係のない人間の子どもです。凍《こご》えようが、野垂《のた》れ死《じ》にしようが、ヤイレスーホにはどうでもいいことでした。

しかし、洞窟に戻《もど》ろうとしたヤイレスーホの耳に、子どもの声が聞こえました。

「わっ、きれい……！」

ヤイレスーホはふり返りました。子どもがうっとりと見上げていたのは、人間の雪像でした。

それは大きく翼《つばさ》を広げた鳥や、今にも駆《か》け出《だ》しそうな野ウサギやキツネや、鹿《しか》や熊《くま》の中で、たった一つの人間の像《ぞう》でした。十二、三歳《さい》くらいの髪《かみ》の長い少女の像は、少しうつむき、なにかにさし伸《の》べるように両手を広げ、優《やさ》しくほほえんでいます。

「これ……ほんとに、人を凍《こお》らせてるんじゃないよね？」

そんなことを子どもが呟《つぶや》いてしまうくらい、生きているような、今にも動き出しそうな姿《すがた》でした。子どもは、そっと雪像に手を伸ばしました。

「さわるな」

「ぎゃっ！」

急に声をかけられ、子どもは飛び上がりました。

「それに、さわるな」

ふり向いた子どもは、ヤイレスーホを、まじまじと見つめました。

「もしかして……」

子どもはヤイレスーホにたずねました。

「あんた、ヤイレスーホ？」

「……………」

ヤイレスーホはなにも答えませんでした。こんな子どもに見覚えはなかったからです。子どもは無遠慮《ぶえんりょ》にヤイレスーホの左右の目をじろじろと見つめ、もう一度たずねました。

「その目……やっぱりヤイレスーホだよね？」

「………」

「ぜったいヤイレスーホだ。ヤイレスーホだ！　やったー！　やっと会えたんだ！」

震《ふる》える手をにぎりしめ、大喜びする子どもに眉《まゆ》をひそめ、ヤイレスーホは言いました。

「うるさい」

「あ……、ごめんなさい」

「いったいだれなんだ、おまえは？」

「あたしはランペシカ！」

「知らん」

ヤイレスーホはランペシカに背《せ》を向け、洞窟《どうくつ》に戻《もど》ろうとしました。

「待って！　あたし、あんたに頼《たの》みがあって来たんだ」

ランペシカはすがるようにヤイレスーホを追いかけ、その前に回《まわ》り込《こ》んで立ちふさがりました。

「あんた、不思議な力を持ってるんでしょ？　人にその力を与《あた》えられるんでしょ？」

ランペシカは立て続けにヤイレスーホにたずねました。

「与《あた》えられる……?」

ヤイレスーホは呟《つぶや》きながら、凍《こお》りついていた記憶《きおく》を少しずつ解《と》かしていきました。

「ああ……与えた」

「そうだよね。そうだよね」

「一度きりだ。それも、『呪《のろ》い』と言われ、感謝《かんしゃ》されもしなかった」

感謝どころか——苦い記憶に、ヤイレスーホは目を閉《と》じました。自分は救うつもりだったのに、「こんな力を持ってるのは人間じゃない」「人間に戻《もど》してよ!」と、はげしく否定《ひてい》され、拒絶《きょぜつ》されたのです。それは、ヤイレスーホが与えた力だけでなく、ヤイレスーホの存在《そんざい》そのものの否定でした。

しかしランペシカは、そんなヤイレスーホの痛《いた》む古傷《ふるきず》などお構《かま》いなしに、自分の話を続けました。

「ねえ。あたしも、その『呪い』が欲《ほ》しいんだ」

「なんだと?」

ヤイレスーホは耳を疑《うたが》い、目の前の汚《きたな》い子どもを見つめました。

「あたしにも、その力をちょうだい。あたしはあんたに感謝するよ。お礼もするからさ」

ヤイレスーホは、深いため息をつきました。

「おれは欲《ほ》しいものなんかない。帰れ」

「そんなこと言わないで！」

ランペシカがヤイレスーホの腕《うで》をつかみました。枯《か》れ枝《えだ》のように細いのに、思わぬ強さに、ヤイレスーホはぎょっとして立ち止まりました。

「おまえ……」

その時、木々の向こうから、「いたぞ！」「あれだ！」という人の声が聞こえました。そのとたん、ランペシカの手から力が抜《ぬ》けました。

「なんだ？」

とヤイレスーホが呟《つぶや》くのと、四人の男たちがランペシカを指さしたのは同時でした。

「やっぱり、あのガキだ」

「やせてて顔色が悪くてボロ着てて……聞いたとおりだな」

「これで、礼金はもらったな！」

男たちの会話を聞いているうちに、ランペシカはひざから崩《くず》れるように、雪の中に座《すわ》り込《こ》みました。

「なんだ。あいつらは、おまえが連れてきたのか？」

ヤイレスーホが聞いてもランペシカは答えません。雪像《せつぞう》に見入り、ヤイレスーホを見つけて輝《かがや》いていた目からは、すっかり生気《せいき》が失《う》せていました。

「おい」

ランペシカを見下ろすヤイレスーホに、追っ手の男たちが気づいて言いました。

「なんだ？　こんな山奥《やまおく》に、やたらいい男がいるじゃねえか」

「よう、兄ちゃん。そのガキを、こっちによこしな」

男たちはランペシカを指さしました。

「おい、聞こえねえのか？」

「ひょっとして耳が悪いのかよ」

男たちは、げらげらと笑いました。その時、大げさに笑った男の包帯をした手が、雪像《せつぞう》の一つにぶつかりました。

「おっと」

雪像の腕《うで》が、壊《こわ》れて雪の上に落ちました。それはランペシカが、きれいだと言った少女の像の腕でした。その時、ヤイレスーホの細い眉《まゆ》が吊《つ》り上《あ》がったことに、男たちもランペシカも、だれも気がつきませんでした。

「さあ、来い！」

二人の一番近くにいた男が、座《すわ》り込《こ》んだランペシカの手をつかみました。

「おい」

ヤイレスーホが、雪像《せつぞう》を壊《こわ》した男に言いました。

「おれのものを壊したな」

「ああ、これか？」

包帯の男は、折れた雪像の腕《うで》を、もう一方の手で強引《ごういん》に取りつけようとしましたが、うまくいかず、ぼとりと地面に落ちました。

「もういい」

ヤイレスーホは低い声で言いました。

「それ以上、おまえの汚《きたな》い手でさわるな」

「なんだ？　くっつけりゃいいんだろ？　こんなの」

男はもう一度、腕を拾い、雪像の頭を押《お》さえて取りつけようとしました。

「さわるなと言ったろう！」

ヤイレスーホが男に向けて手をかざしたとたん、突風《とっぷう》が吹《ふ》きつけ、男が吹き飛ばされました。

「うわあっ！」

飛ばされた男も周りの男たちも仰天《ぎょうてん》し、ランペシカも目を見開きました。

「な、なんだこいつ……人間か？」

「こんな奴《やつ》が、ガキといっしょだなんて聞いてねえぞ！」

気味悪そうに自分を見る男たちに、ヤイレスーホは崖《がけ》の方を指さして言いました。

「帰れ。次は、あの崖の下まで飛ばしてやる」

「……チッ！」

ランペシカの手をつかんでいた男が舌打《したう》ちし、その手を離《はな》しました。そして、飛ばされた男を抱《かか》えるようにして逃《に》げ出《だ》すと、残りの二人もあとを追って走ってゆきました。

「すごい……」

ランペシカは呟《つぶや》きました。

「やっぱり思ったとおりだ……！」

ヤイレスーホは、ちらっとランペシカの方を見て、迷惑《めいわく》そうに吐《は》き捨《す》てました。

「なにが思ったとおりだ。おまえのせいで、あんな薄汚《うすぎたな》い奴らがやってきたんだな」

「うん……」

ランペシカは、うなずきました。

「ごめんなさい」

「さっさとおまえも帰れ」

「助けてくれないの？」

「なんで、おれがおまえを助ける義理《ぎり》がある？」

「そう……か」

ランペシカはがっくりと雪の上に手をつき、そのまま頭を埋《うず》めるように前に倒《たお》れ込《こ》みました。

「おい。そこで寝《ね》るな」

雪に突《つ》っ伏《ぷ》して動かないランペシカに、ヤイレスーホは何度も声をかけましたが、その体はぴくりとも動きませんでした。

「おい？」

ランペシカが気を失っているのに気づき、ヤイレスーホは大きくため息をつきました。

四、ランペシカの話・その一

ひどい疲《つか》れと空腹《くうふく》で気を失ったランペシカは、夢《ゆめ》を見ていました。

夢の中で、ランペシカは大好きな父さんに会っていました。大きな体でひげだらけの顔に優《やさ》しい笑《え》みを浮《う》かべ、得意の弓で、たくさんの獲物《えもの》を捕《と》ってきてくれる父さん——。

「父さん！」

ランペシカは、その広い背中《せなか》に飛びつきました。

「ねえ、父さん。ヤイレスーホって魔物《まもの》なのに、あたしを助けてくれたんだよ！」

よかったな、というように父さんは笑いました。

「やっぱり、いい魔物だったんだよ。でも、ひどいんだ。あたしが捕《つか》まりそうになってもなにもしてくれなかったのに、雪の像《ぞう》が壊《こわ》れただけで『さわるな！』って、いきなり怒《おこ》り出《だ》したんだよ。あの雪の像……きれいだったけど、いったいだれなんだろう。だれだと思う？」

しかし、父さんはなにも答えてはくれませんでした。

「父さん？　ねえ、父さん？」

その姿《すがた》はぼんやりと薄《うす》くなり、やがて少しずつ消えてゆきました。

「父さん！　父さん！」


ランペシカは目を覚ましました。三方は岩壁《いわかべ》で、残りの一方からは、まぶしい日の光が入《はい》り込《こ》んできます。どうやら、洞窟《どうくつ》の中のようです。どこから運んできたのか、ランペシカの体の下には、乾《かわ》いた草や木の葉がたっぷりと敷《し》かれ、体の上にはふかふかのアザラシの毛皮がかけられていました。

「ヤイレスーホ……？」

まさかとも思いましたが、ほかにだれかが暮《く》らしているようには見えません。ランペシカは起き上がり、洞窟の外へ出ましたが、ヤイレスーホの姿はありませんでした。

「ヤイレスーホ。どこ？」

まぶしい日の光が朝日だとすると、昨日この洞窟の前に辿《たど》り着《つ》いたのは夕暮《ゆうぐ》れの少し前だったので、ずいぶん眠《ねむ》ってしまったようです。ランペシカは、周りの木々に向かって叫《さけ》びました。

「ヤイレスーホ！」

「ここだ。うるさい」

林の中から出てきたヤイレスーホが言いました。

「そんなに大声で呼《よ》ばなくても聞こえる」

「よかった……また、眠《ねむ》りについちゃったのかと思った」

「そのつもりだったが、おまえがここにいれば、またあいつらがやってくるんだろ？」

ランペシカがうなずくと、ヤイレスーホはあっさり言いました。

「じゃあ、さっさと、あいつらと消えろ」

「やだよ！　あたしを、あいつらに引《ひ》き渡《わた》さないで！」

しかし、ランペシカの必死の頼《たの》みを、ヤイレスーホは鼻で笑いました。

「おれに、おまえをかくまう義理《ぎり》はない」

「昨日は助けてくれたじゃない……」

「おまえのためじゃない。あいつらが気に入らなかっただけだ」

ヤイレスーホは、ちらっと雪像《せつぞう》を見ました。あの少女の像のほかにも、壊《こわ》れたり倒《たお》れたりしたものがあり、地面の雪も踏《ふ》み荒《あ》らされていました。

ヤイレスーホは、それ以上なにも言いませんでしたが、あの美しい雪像や、しずかな生活を男たちが壊したことへのはげしい怒《いか》りが感じられました。

「ヤイレスーホ……」

「おれの名や、ここにいることを、だれに聞いた？」

「名前を教えてくれたのは、市場《いちば》の親切なおばさんだよ。ここにいることを教えてくれたのは……」

ランペシカは、自分の身に起こったことを話し始めました。


ランペシカが育ったのは、ノカピラの近くの海辺でした。

ノカピラは大きな港です。あたりの漁船だけでなく、遠い国の船が珍《めずら》しい積み荷を載《の》せて立《た》ち寄《よ》り、毎朝大きな市場が開かれ、あちこちから来た商人たちが取引をしていました。数えきれないほどの家や倉庫や宿屋が立《た》ち並《なら》び、広場や路上には、屋台や物売りが品物を並べ、たくさんの人々が暮《く》らしていました。

そのノカピラから少し離《はな》れた入《い》り江《え》に、ランペシカは父さんと住んでいました。

二人の住む家は、小さいけれど太い木を組んだ丈夫《じょうぶ》なつくりで、家の真ん中にある囲炉裏《いろり》の周りには、四枚《まい》の毛皮が敷《し》いてありました。白クマ、黒クマ、灰色《はいいろ》グマに茶色のクマ――みんな、父さんが仕留《しと》めたものでした。そして囲炉裏の上には、いつも干《ほ》した肉や魚や貝がたっぷりかけてありました。外がどんなに吹雪《ふぶ》いていても、薪《たきぎ》を積み上げた家の中は暖《あたた》かく、鍋《なべ》には料理がぐつぐつと湯気を立てていました。

「父さんは、すごく腕《うで》のいい猟師《りょうし》だったんだ。弓の腕はコタンで一番だったよ」

「弓か……」

ヤイレスーホは、なにか思い出すように呟《つぶや》きました。

「コタンっていっても、あそこはまともな所じゃなかったけどね。ごろつきや追いはぎ、かっぱらい……もめ事を起こして、普通《ふつう》のコタンに住めなくなった奴《やつ》がほとんどだった。でも、父さんはちゃんとした猟師だったよ」

「……ちゃんとした猟師が、なぜそんな所にいる？」

「知らない」

ランペシカは首をふりました。

ランペシカには物心ついた時から母はなく、ずっと父一人子一人の二人暮《ふたりぐ》らしでした。父さんが昼間の猟に出かけている時、ランペシカは同じコタンの子どもたちと遊んでいました。父さんがどうしても夜の猟に出なければいけない時は、ランペシカは父さんの友人のムカルという男の家に預《あず》けられました。父さんとムカルがいっしょに夜の猟に出かけると、ムカルの奥《おく》さんは、ランペシカに自分の子どもたちと同じごはんを食べさせてくれました。

ランペシカはムカルの家の子どもたちと仲良しでした。特に一番上のユヤンという同じ年の女の子とは、いっしょに年の離《はな》れた弟妹《ていまい》のめんどうを見ました。

そんなある日、ランペシカが十歳《さい》になった、この春のことでした。

「明日《あした》、また夜の猟《りょう》に行ってくる」

と、父さんは言いました。

「ムカルの所で、いい子にしてるんだぞ」

「うん。でも、父さん……」

「どうした?」

ランペシカはずっと気になっていたことを聞きました。

「夜、出かける時の父さんは、いったいなにを捕《と》ってるの?」

「……それは、どういう意味だ?」

「だって、父さんは夜の猟の時は、獲物《えもの》を持って帰らないじゃない」

「ああ、それは。獲物はノカピラの朝市で売ってくるからだよ」

「ふうん……。ノカピラの市場《いちば》って、そんなに朝早くやってるんだ」

でも、父さんは夜出かけてその夜のうちに帰ってくることもあります。夜なんて市場もやってないはずなのに、とランペシカは思いました。しかし、それを聞く前に、父さんはランペシカが見たこともない、古い革《かわ》の袋《ふくろ》を取り出しました。

「そうだ。これを、おまえに渡《わた》しておこう」

「なにそれ？」

「父さんが旅の商人と、アザラシの毛皮十枚《まい》と交換《こうかん》して、母さんにあげたものさ」

「えっ、それが？」

ランペシカは驚《おどろ》きました。革袋《かわぶくろ》は、すっぽりと父さんの手のひらにおさまるくらいの大きさだったからです。父さんは固く結ばれた紐《ひも》をほどき、その中から小さな石を取り出しました。父さんの手の中で光る透明《とうめい》な石は、ランペシカの小指の爪《つめ》ほどしかありません。もっと大きな瑪瑙《めのう》や水晶《すいしょう》だって、せいぜいアザラシの毛皮一枚分です。

「こんな小さな石が、アザラシの毛皮十枚分？」

「そうだ。金剛石《こんごうせき》というんだ。とても硬《かた》い石で、ぜったいに砕《くだ》けない。それにすごく透《す》き通《とお》っていて、きれいだろう？」

ランペシカはうなずきました。

「これを見たとたん、持っているもの全部と換《か》えても、母さんにあげたくなったんだよ。その時はまだ、母さんじゃなかったけどな」

この石を母さんに持っていって、いっしょに暮《く》らそうと言ったんだ、と父さんは、懐《なつ》かしそうに言いました。

「それに、この石には不思議な力があるんだぞ」

「えっ！　どんな力？」

「たった一度だけ、石の持ち主以外の、願いをかなえることができるんだ」

「持ち主以外？」

なあんだ、とランペシカは思いました。

「それじゃ、自分が持っていたって、なにも願いはかなわないじゃない」

「そうだよ」

ほかにも、「人を生き返らせることはできない」「時を戻《もど》すことはできない」「この石を増《ふ》やすことはできない」といったことを聞いて、「つまんない」とランペシカは思いました。

「そうか？　自分の決めた相手の願いをかなえてあげられるんだ。こんないいことはないじゃないか」

「ふうん……。じゃ、母さんは、だれかの願いをかなえてあげたのかな？」

「そうだよ。そしてかなった」

「えっ、だれの？」

「父さんの願いさ」

それはランペシカが生まれたばかりのころでした。父さんは獲物《えもの》を深追いしすぎ、谷底に落ちて死にかけたのです。「あの人はきっと今、危険《きけん》な目にあっているに違《ちが》いない」と、察した母さんは、石に願いをかけました。「あの人の願いがかないますように！」と。

すると、そのころ父さんの倒《たお》れていた谷底では、はげしく吹《ふ》き込《こ》んでいた雪が急にやみ、折れたと思っていた脚《あし》が動くようになったというのです。父さんは空腹《くうふく》も疲《つか》れも感じなくなり、凍《こお》りかけていた指に血が通い、力が戻《もど》ってきて、谷底から登ってくることができました。

「そして、『もう一度、家に帰りたい』と願っていた父さんは、本当に帰ってこられたんだ。母さんとランペシカの所にね」

「うわあ、すごい！」

ランペシカは石をしげしげと眺《なが》めました。たしかにきれいな石ですが、そこからなにか光が出ているとか、不思議な音がするわけではありません。

（でも、これはすごい力を持った石なんだ）

と、ランペシカはどきどきしました。

「これは、おまえの石だ。母さんが死ぬ前にそう決めたから、おまえ以外のだれが持っても、願いをかなえることはできない。おまえは一度だけ願いをかなえてあげたいだれかを決めて、その人の願いをかなえることができる。そして次の持ち主を決めることができる。今までは父さんが預《あず》かっていたが、これからは自分で肌身《はだみ》離《はな》さず持っていなさい。人に見られないように、服の裏《うら》にぬいつけて」

「はい。父さん」

ランペシカは父さんの言うとおりにしました。ぬいものは得意ではありませんでしたが、何度も針《はり》で指をさしながら、なんとか肌着《はだぎ》にぬいつけました。

「それでいい。もし、父さんになにかあったり、この家が焼けるようなことがあっても、その石だけはおまえとともに無事だ」

そして、父さんは「遅《おそ》くなったな、もう寝《ね》よう」と言いました。


次の日の夜、父さんは迎《むか》えに来たムカルとその仲間といっしょに出かけました。

ランペシカは、いつものようにムカルの家で、ユヤンたちといっしょに、父さんを待っていました。けれど、次の日の昼になっても、父さんは帰ってきませんでした。ランペシカは心配になり、母さんのように、あの石に願ってみようかとさえ思いました。しかし、

(あの時の父さんは一人で猟《りょう》に出たって言ってた。今、父さんはムカルおじさんたちといっしょにいるんだ。そんな危険《きけん》な目にあってるはずはない)

と思い直しました。何人もいれば食べ物だって分け合えるし、だれかがけがをしたら、ほかの人が助けてくれる――ランペシカはそう信じたのでした。

「でも、父さんは帰ってこなかった……。ムカルやほかの人たちだけが、ノカピラの方から帰ってきたんだ。あたしは、『ほかの人はみんな無事だったのに、なんで父さんだけ？』って聞いた。そしたら、『運が悪かったんだ。高い木の上から落ちたんだ』って、ムカルは言った。『高い木の上からなんか、なにを狙《ねら》ってたの？』って、あたしは聞いた。だって、おかしいじゃない？　夜は遠くが見えないのに。そしたら……」

「なんだ？」

言いよどむランペシカに、ヤイレスーホはたずねました。

「人の……家を狙ってたんだって。大きな家の倉から金目のものを盗《ぬす》むために、外に積んである薪《たきぎ》や屋根の端《はし》っこに火矢を射《い》て、小さな火事を起こして家の人たちが気をとられてるすきにほかの人が盗むんだ」

「なんだ。ようするに、おまえの父親も盗《ぬす》っ人《と》だったわけだ」

ヤイレスーホは笑いました。

「違《ちが》う！　父さんはいつもは、ちゃんとした猟師《りょうし》だった。たまたま頼《たの》まれただけだ」

「たまたま？　何度も夜に出かけていたんだろ？」

「でも……違う。父さんは誘《さそ》われてときどきやっただけで、いつも盗んでる奴《やつ》らみたいに悪くない。それに、盗《ぬす》むんじゃないんだ。人の気を引くだけなんだよ！」

「おまえな」

ヤイレスーホは、あきれたように言いました。

「小さな火事なんて言うが、その火が風で燃《も》え広《ひろ》がらないと、だれが言える？　その家どころか周りの家も焼けて、死人だって出るかもしれない。ことによっては盗むよりひどい」

「違《ちが》う！　違う！　父さんはそんな悪い人間じゃない！」

訴《うった》えるランペシカを、ヤイレスーホは鼻で笑い、「聞いてられん」と立ち上がりました。

「待ってよ」

「うっとうしい。さっさと消えろ」

「まだ続きがあるんだ。あんたにも関係あるよ」

「…………」

ヤイレスーホは、座《すわ》り直《なお》しました。

「続けろ」

ランペシカはうなずき、再《ふたた》び語り始めました。

「父さんが死んで、あたしはムカルの家に引き取られたんだ……」

五、ランペシカの話・その二

父さんが死んで、ランペシカの生活は、がらりと変わりました。居心地《いごこち》のいい海辺の家から、大きな動物の毛皮はすべてなくなりました。父さんの友達だったという人たちが、みんな持っていってしまったのです。

毛皮のあとには、食器や壺《つぼ》や入れ物がなくなりました。ランペシカの家には、普通《ふつう》の木彫《きぼ》りの椀《わん》やツタであんだ籠《かご》のほかに、父さんが捕《と》った毛皮と引《ひ》き換《か》えに、商人からもらった珍《めずら》しいものもありました。南の方から渡《わた》ってきた、うるしを塗《ぬ》ったつやつやと光る器《うつわ》や、北方《ほっぽう》の紋様《もんよう》がついた焼き物の皿などです。それらもみんな、なくなりました。ランペシカに残されたのは、すり切れたキツネの毛皮一枚と一本の小刀だけでした。

引き取られたムカルの家では、朝から晩《ばん》まで働きどおしでした。掃除《そうじ》に洗濯《せんたく》に、食事作りと、子どもの多い家では、なにもかも時間がかかりました。小さな子たちはふざけてランペシカの仕事の邪魔《じゃま》をしました。掃除した所はすぐ汚《よご》され、干《ほ》した衣《ころも》は落とされ、料理はまずいと文句《もんく》を言われました。ユヤンは手伝ってくれませんでした。ランペシカを前のように友達ではなく、家の使用人だと思ったからです。ランペシカは、ムカルの奥《おく》さんに言いました。

「おばさん。小さい子も悪いことをしたら、ちゃんと叱《しか》ってよ。それに家のこと一人でやるのは無理だから、みんなにもやれって言って」

しかし、ランペシカにそう言われたムカルの奥さんは急に怒《おこ》り出《だ》しました。

「大人に逆《さか》らうなんて、なんて子だろう。母親がいないうえに、父親が甘《あま》やかしたんだね」

その日から、ランペシカへの扱《あつか》いは、さらにひどくなりました。ほかの子どもと同じように与《あた》えられていた食事は、鍋《なべ》の底をこそげたこげや、具のない汁《つゆ》だけになりました。それではお腹《なか》が空《す》くので、ランペシカが訴《うった》えようものなら、

「食い意地が張《は》ってる、卑《いや》しい子だね！」

と言われました。

満足な食事も与えられず働かされたランペシカは、毎日毎日、空腹《くうふく》で疲《つか》れきって、眠《ねむ》ることだけが楽しみになりました。たとえほんの少し自由な時間ができたとしても、遊ぶ気力も出なかったのです。部屋の端《はし》の一番寒い場所ですり切れたキツネの皮にくるまって体を丸めながら眠り、ランペシカは少しずつ、なにも感じなくなっていきました。毎日ランペシカの頭に浮《う》かぶのは、「お腹が空いた」「休みたい」「眠りたい」ということだけでした。

そんな中で、無理だとわかっていても、石に一度だけ願ったこともありました。

(父さんを生き返らせて!)

なにも変わりませんでした。そもそも死んだ人を生き返らせることも、自分の願いをかなえることもできないのです。いつも汚れた衣《ころも》を着て背中《せなか》を丸め、疲《つか》れて顔色の悪いランペシカは、だれが見ても嫌《いや》になる、みすぼらしい子どもでした。


ある時、ランペシカはムカルの奥《おく》さんの言いつけで、ノカピラの市場《いちば》へ行きました。

市場には、たくさんの屋台が並《なら》び、おいしそうな食べ物があふれていました。串《くし》に刺《さ》して焼いた魚やイカの目玉、鉄鍋《てつなべ》でじゅうじゅうと音をたてるペネイモ――でも、ランペシカは、お金も交換《こうかん》できるものも持っていないので、見ていることしかできませんでした。

用事を済《す》ませ、とぼとぼと帰ろうとするランペシカに、見知らぬ女が声をかけました。

「ちょっと、そこのあんた」

呼《よ》ばれた方を見ると、二人の子どもと鉄鍋や籠《かご》を片付《かたづ》けている女が、ランペシカを手招《てまね》きしていました。

「あたし……?」

「そうだよ。そんな重い荷物背負《せお》って、疲れてるだろ?」

ランペシカがうなずくと、女はにっこり笑って平たいペネイモをさし出しました。

「食べるかい？　売れ残りだけど」

ランペシカはびっくりしました。こんなふうに、大人に優《やさ》しくされたのは久《ひさ》しぶりだったので、とっさにはどうしていいかわからなかったのです。

（ああ、そうだ。物をもらう時は両手でうけとって、くれた人には、お礼を言うんだ……）

ランペシカは遠い昔にあった出来事を思い出すように、「あ……りがと」と、おじぎをしてペネイモを受け取りました。そして、がまんできずに立ったまま、がつがつとペネイモをむさぼるランペシカに、女は言いました。

「お礼なんて、いいんだよ。お互《たが》いさまだからね」

「おれらも昔、魔女《まじょ》さまに食べ物をもらったもんね」

と、大きい方の男の子が言いました。

「魔女……さま？」

「ああ、あんたは小さいから知らないだろうね。昔、ノカピラには魔女がいたんだよ」

「魔女？」

「そうだよ。その両手に触《ふ》れたものを、すべて凍《こお》らせてしまう。恐《おそ》ろしい魔女さ」

ランペシカは想像《そうぞう》しました。長く白い髪《かみ》、曲がった腰《こし》に細い目、ごつごつとした骨《ほね》と皮ばかりの老女で、触《さわ》られた子どもは叫《さけ》び声《ごえ》とともに凍《こお》りつき――しかし、その女はこう言いました。

「その魔女《まじょ》はまだ、十二か十三くらいの女の子だったんだよ」

「えっ？　女の子？」

「そうさ。いつも真っ白なアザラシの毛皮を着てた。とってもきれいだったよ。それに、とっても優《やさ》しかったんだ」

今度は男の子が言いました。

「そりゃ、用もなく近づいてくる男の手は凍らせたりしたけれど、貧《まず》しい家の前には、凍った魚や野ウサギを置いておくんだ。その家の子どもたちが、お腹《なか》いっぱい食べられるようにね。優しい魔女なんだよ」

「優しい……魔女」

不思議なひびきだな、とランペシカは思いました。

「魔」というのは、悪い意味です。魔女に魔物に魔の力……それなのに、「優しい魔女」だなんて。「かなしい魔物」「正しい魔力」、そんなもの、あるわけがありません。

「でも、本当さ。優しい魔女だったんだよ、あの子は。その子に、あたしたちは助けられたのさ。もともとは人間だった、あの子にね」

そう言う女に、ランペシカは聞きました。

「人間だったその子は、どうして魔女《まじょ》になったの？」

「呪《のろ》いをかけられたんだよ。ヤイレスーホっていう男の魔物にね」

「呪い？」

「そうだよ。ヤイレスーホは魔物の力を分《わ》け与《あた》えることができたんだ。ものを凍《こお》らせる力をね」

「それは、『呪い』じゃないよ……」

ランペシカは呟《つぶや》きました。

「そんな力があるなら……、あたしも欲《ほ》しい。そんな力をくれる魔物がいるなら、あたしも会ってみたい」

「えっ？」

「おばさん、ヤイレスーホって魔物は今、どこにいるの？」

「どこにいるって……さあねえ。昔、いた場所なら知ってるけど」

女は海の方を指さしました。

「この先に、ずっと岬《みさき》が続いてるだろう？」

ランペシカはうなずきました。細い、はしけのような、船着き場のような、岬があるのを見たことがあったからです。

「その先に、変な形の岩があったのも知ってるかい？」

ランペシカは、またうなずきました。何か大きな建物の土台のような岩が、半分水の中に沈《しず》んでいるのです。

「昔、そこで大きな戦いがあったって、父さんに聞いた……」

「そうだよ。七年くらい前かな、あそこにいる魔物《まもの》たちが金銀財宝《きんぎんざいほう》を溜《た》め込《こ》んでるって噂《うわさ》が流れてね、ここらじゅうの男たちが押《お》しかけたもんだよ」

そうだった……と、ランペシカは遠い昔を思い出しました。

(父さんも行ったの?)

(行かないよ。父さんは別に、宝《たから》なんか欲《ほ》しくない)

そんな会話を交《か》わしたこともありました。

「人間と魔物たちの戦いはさ、そりゃあ、ひどいもんだったよ。魔物たちはシンターっていう空飛ぶ船に乗って襲《おそ》ってくるし、馬鹿《ばか》でかいフリューなんて鳥まで出てくるしさ」

「それで、戦いはどうなったの?」

「このままじゃ人間が全部やられちまうって思ったら、シカマ・カムイたちが来たんだよ」

「シカマ・カムイ……」

その名も聞いたことがあるような気がしました。

「人間を好きな神さまだよ」

男の子が嬉《うれ》しそうに言いました。

「五人の家来《けらい》を連れてるんだよ。弓や剣《けん》や槍《やり》が得意な者に、早足や強力《ごうりき》……みんな、すごく強くて格好《かっこう》いいんだ」

「そう。シカマ・カムイが魔物《まもの》たちをやっつけて、オキクルミに話をつけてくれたんだよ」

「オキクルミ？　雷神《らいじん》オキクルミ？」

世の中にうといランペシカも、さすがに一番有名な神の名は知っていました。

「そうだよ。あそこには、オキクルミが地上に降《お》りてきた時、休む場所があったんだ」

「そうなんだ……でも、今はいないんだよね。オキクルミって」

オキクルミは人間に愛想《あいそ》を尽《つ》かして、天上にあるカムイ・ミンタラに帰ってしまったと、ランペシカは父から聞いていました。

「ああ。あの戦《いくさ》の日が、オキクルミが地上に降りた最後の日だったって言われてるね。あの日までは、少なくとも三年に一回くらいは来てたらしいけど」

人間を見捨《みす》てたはずのオキクルミがときどき地上に降りてきていたのは、妹の忘《わす》れ形見《がたみ》を捜《さが》していたという噂《うわさ》だと女は言いました。

「その役目を請《う》け負《お》ってたのが、ヤイレスーホって奴《やつ》なんだよ」

「えっ？　ヤイレスーホって魔物なんでしょ？　なのにオキクルミが……」

「そんだけ、人間を嫌《きら》ってたってことだよ」

女は、首をすくめました。

「ヤイレスーホは、たくさんの魔物《まもの》を従《したが》えてたよ。でも、うまく捜《さが》せなかったんだろうね。オキクルミは、一人でカムイ・ミンタラに帰ったたっていうから」

たくさんの話を聞いている間に、市場《いちば》はすっかり片付《かたづ》いていました。

(いけない。早く帰らないと、怒《おこ》られる!)

ランペシカは最後に急いで女に聞きました。

「ヤイレスーホは、なんで女の子を『魔女』にしたの?」

「さあ。もしかしたら、さびしかったのかもね」

「さびしい?」

「ヤイレスーホは、見かけは普通《ふつう》の若《わか》い男だったよ。銀の髪《かみ》と、青と黄色の目をしてたけど。でも、そういう魔物はいない。自分と同じ、人の姿《すがた》の魔物が欲《ほ》しかったんじゃないかい?」

「…………」

「そのイレシュって『魔女』は、なかなかのべっぴんさんだったしね」

「なかなかじゃないよ、母さん。すごくきれいだったよ」

うんうん、と母子《おやこ》はうなずきあいました。

（ヤイレスーホ、魔女《まじょ》……）

ランペシカの耳に、その言葉はこつりと残りました。ただ働くだけの毎日だった闇《やみ》の中で、かすかな光がさしたように。食べることと眠《ねむ》ることと休むことしか考えなくなっていたランペシカの中に、それ以外のものが芽生えたのです。

そんなランペシカの話を聞いて、ヤイレスーホは呟《つぶや》きました。

「よけいなことを聞いたもんだな。おまえも」

「よけいなことじゃないよ！」

ランペシカは言いました。

「あたしは、あんたのことを考えてたから、がまんできたんだよ。辛《つら》いのも寒いのもさびしいのも。『いつか魔女になって見返してやる』って思ったから、耐《た》えられたんだよ。あんたに会うことだけをずっと楽しみにして生きてきたんだよ。ヤイレスーホ！」

ふん、とヤイレスーホはまた鼻で笑いました。

「くだらん。それより話を続けろ」

ランペシカはうなずき、再《ふたた》び語り始めました。

六、ランペシカの話・その三

ランペシカが市場《いちば》に行って幾日《いくにち》かたった夜のことでした。その夜も、ランペシカは一日の仕事ですっかり疲《つか》れ果《は》て、うつらうつらしていました。しかし、隣《となり》の部屋の囲炉裏《いろり》のそばでは、ムカルとその友達が集まって酒盛《さかも》りをしているので、うるさくてなかなか眠《ねむ》ることができません。そんな時、

「次の仕事で、火矢を射《い》る役目はだれにする？」

「あの猟師《りょうし》くらい腕《うで》がいい奴《やつ》は、なかなかいない。惜《お》しかったなあ」

という声が耳に入りました。

（父さんのことだ）

ランペシカはそう思い、体を起こしました。だれかが父さんのことをほめていると思うと嬉《うれ》しくて、ランペシカは、もっとよく話を聞こうと壁《かべ》に体を寄《よ》せ、耳を澄《す》ましました。ムカルの声は聞こえないので、どうやら席を外しているようです。

「でも、あいつはこの仕事をやめたがってたんだって？」

「ああ、矢を何本か射《い》るだけで、分け前はほかの奴《やつ》と同じだ。『ラクで儲《もう》かる仕事じゃないか』ってムカルも言ったが、『娘《むすめ》が気づき始めてる。もう、やめたい』ってな」

「俺《おれ》たちと手を切って、まっとうな仕事に就《つ》きたかったたってわけか」

ランペシカは驚《おどろ》きました。父さんがそんなことを考えていたなんて、思いもしなかったのです。

「それなのに、その日に死ぬなんて、ひどい偶然《ぐうぜん》だなあ」

「偶然じゃないさ。ムカルは前からあいつの財産《ざいさん》を狙《ねら》ってたんだ」

「えっ！　じゃあ、まさか……」

「そうさ。あの時、ムカルはわざとあいつに逃《に》げる合図を出さなかったんだ。逃《に》げ遅《おく》れたあいつは、慌《あわ》てて木から下りようとして足を滑《すべ》らせた。うまくやったもんだ」

その言葉を聞いたランペシカは、震《ふる》えが止まりませんでした。寒さではなく、ふつふつとわき上がる怒《いか》りでです。

（父さんは、ムカルに騙《だま》されたんだ……！）

怒りに震えるランペシカの耳に、

「もし、それが本当なら、遺《のこ》された女の子がかわいそうじゃないか」

と、客の一人が言うのが聞こえました。

「父親の財産《ざいさん》だって取っちまったんだろ。人を雇《やと》って、『父親の友達が生前約束していたものをもらいに来た』なんて言ってあの子を騙《だま》したらしいけど、全部ムカルが自分のものにしたんだ。もちろん、友達のふりをした奴《やつ》らには、金を払《はら》って口止めした」

「あいつ、極悪人《ごくあくにん》じゃないか。出るところへ出たら、重い罪《つみ》になるぞ」

「平気なのさ。なんたって、あいつは……」

その時、ムカルの声がしました。

「おい、なんの話をしてるんだ？」

客たちは、「なんでもないよ」「なあ」とごまかしていましたが、ランペシカはがまんできずに隣《となり》の部屋に飛び込《こ》むと、大声でこう言いました。

「あんたが、父さんを騙したって話だよ！」

「ランペシカ？」

ムカルは驚《おどろ》いたようにランペシカを見て、さらに客たちの方を見ました。客たちはムカルと目を合わせないよう、うつむいたり、目をそらしたりしています。

「ランペシカ……」

ムカルはランペシカの顔をじっと見ていましたが、急に笑い出しました。

「こんな酔《よ》っ払《ぱら》いたちの冗談《じょうだん》を本気にしたのか？」

「冗談？」

「そうだ。冗談に決まってるじゃないか。なあ、みんな」

ムカルは、そう客たちに呼《よ》びかけました。すると、「あ、ああ」と、あいまいにうなずく者もいましたが、黙《だま》って酒を飲み始めたり、帰《かえ》り支度《じたく》を始める者もいました。

（違《ちが》う……）

客たちの不自然な態度《たいど》と表情《ひょうじょう》に、ランペシカは確信《かくしん》しました。

（ムカルは嘘《うそ》をついている）

父さんは、この男のせいで死んだんだ――そう知ってしまったからには、もうこの家にいることはできません。ランペシカは寝ていた部屋からキツネの毛皮をつかみ、外へ飛び出しました。

「ランペシカ？　おい、こら待て！　ランペシカ！」

そんなムカルの声が聞こえましたが、ランペシカの足は止まらず、知らぬ間にノカピラへと向かって走っていました。

今、ノカピラに行ったところで、ヤイレスーホや『魔女《まじょ》』に会えるわけではありません。しかし、その名を聞いた場所、その名残《なごり》でもある場所に、ランペシカはどうしても行きたかったのです。

ランペシカは月夜の道をノカピラに向かいました。海辺から砦《とりで》の跡《あと》へと続く細い岬《みさき》を歩いてゆくと、横殴《よこなぐ》りの風に、やせたランペシカの体は海に吹《ふ》き飛《と》ばされそうでした。それでも体をかがめ、地をはうように歩いてゆくと、岬の先にある岩場が見えてきました。かつては大きくしげる樹木《じゅもく》のようだったと言われていた岩でしたが、今は朽《く》ちた切《き》り株《かぶ》のような形が残るだけでした。

(ああ、これは空き家なんだ)

ランペシカは思いました。自分の家が、住む人がいなくなってから荒《あ》れ果《は》てて、朽ちてしまったように、この岩はただの岩ではなく、住んでいる人がいた——だから廃墟《はいきょ》のように、さびしく哀《あわ》れなのだと思ったのです。

中へ入ってみると、地下へと続く、崩《くず》れかけた階段《かいだん》がありました。地下への階段は、海の水の中へ続いており、ランペシカは上の階へと戻《もど》りました。

どうにか風の当たらない、くぼみのような場所を見つけ、ランペシカは座《すわ》り込《こ》みました。

(火をたこう。なにか、燃《も》やすものは……)

ランペシカは、あたりを見回しましたが、とうに住人が持ち去ったのか、泥棒《どろぼう》が荒らしたのか、めぼしいものはありませんでした。なんとか濡《ぬ》れていない流木や、打ち上げられたまま乾燥《かんそう》した海藻《かいそう》を見つけましたが、火をおこせそうなものが見当たりません。

（寒い……お腹空《なかす》いた……）

冷たい岩の上で、凍《こご》えながら、ランペシカはうずくまりました。ただでさえいつも空腹《くうふく》なのに、ムカルの家を出てからなにも食べていないので、お腹が減《へ》りすぎて目眩《めまい》がしてきました。横になると、キツネの毛皮を通して氷のように冷たい岩が、体の熱をどんどん奪《うば》っていくのがわかります。しかし、もう体を起こすことすらできず、ランペシカは目を閉《と》じました。

（なんか、眠《ねむ》くなってきたな……。あのまま、ムカルの家にいればよかったのかな……そうすれば、少なくとも、こんな所でだれにも知られず死なずに済《す》んだかも……でも、もう、いい。もう疲《つか》れた。父さんの所にいこう……）

その時、突然《とつぜん》ランペシカの耳に、大きな羽音が聞こえました。

「えっ！」

ランペシカが思わず目を開けると、目の前に大きな白いものが横たわっていました。

「ツ、ツルだ……どうして？」

白いツルの体には、赤い血がにじんでいます。どうやら、この岩場に飛《と》び込《こ》んできて、岩に頭をぶつけてしまったのでしょう。ランペシカは、ごくっとつばを飲み込みました。父さんといっしょに、さばいて食べたツルの肉の味を思い出したのです。

（できるかな、一人で……ううん、きっとできる。あとは火をおこすものさえあれば、焼いて食べられる！）

ランペシカは起き上がりました。

「ツルの神さま、地上に降《お》りてきてくれて、ありがとうございます」

岩の上にきちんと座《すわ》って、ランペシカは天に向かって礼を言いました。

「今は、なにもお礼にさし上げられるものがありません。でも、次はかならずお礼をいたします。ああ、でも、ここに火さえあれば……」

ため息をついたランペシカの耳に、

――火ならば、ここにある。

という声が聞こえました。

「えっ⁉」

驚《おどろ》くランペシカの目の前には、白い衣《ころも》を身にまとい、すらりとした首の長い一人の若《わか》い人が立っていました。

「だ、だれ？」

いったいこの人は、どこから入ってきたのだろうと思いました。しかも、波しぶきがはげしい岬《みさき》をやってきたにしては、白い衣に泥《どろ》はねひとつついていません。いや、長い髪《かみ》にもすずしげな顔にも、雫《しずく》ひとつついていないのです。

そしてその人は、手のひらに炎《ほのお》を持っていました。たいまつでも木の皮でもなく、炎そのものを、ランペシカの集めた流木にかざすと、煙《けむり》とともに火の匂《にお》いが立ち上りました。

「あったかい……」

その不思議さに驚《おどろ》くより、火を見た安心感で、ランペシカは涙《なみだ》が出そうになりました。これで自分の体は温まり、飢《う》えをいやすことができると思ったのです。

「ありがとうございます！」

さっそく、持っていた小刀でツルをさばきながら、ランペシカが礼を言うと、

――もっと早く助けてやりたかったが……。

と、その人は言いました。

――私《わたし》もこれでなかなか忙《いそが》しい身でね。いつも、おまえのことばかり気にかけているわけにはいかなかった。地上には、おまえのような子どもがたくさんいるからね。

「あたしみたいな？」

――そうだ。貧《まず》しく、ひもじく、弱い子どもたちだ。そのすべてを助けてやりたいが、手が足りない。もうこの地上に、神はそれほどいないのだ。みな、カムイ・ミンタラに帰ってしまった。帰らなかった私や、シカマ・カムイはとても忙しい。

「えっ、じゃあ、あなたは……！」

ランペシカは、周りに散らばった白い羽根と、その人の白い衣《ころも》を見比《みくら》べて、やっと気づきました。

「ツルの神さま！」

——そうだ、ランペシカ。やっと気づいたね。

「す、すみません。ああ、なんてことだろう……あたし、神さまを……」

火の上では、肉がじゅうじゅう焼ける音と匂《にお》いがし始めていました。

——いいのだよ。心置きなく、私《わたし》を食べなさい。おまえはちゃんと感謝《かんしゃ》した。食べたら、きれいに片付《かたづ》けなさい。

「はい……」

ランペシカの目から涙《なみだ》があふれました。こんなに優《やさ》しい言葉で慰《なぐさ》められたのは、いつのことだろうと思ったのです。

——私はずっと、おまえを見ていたのだよ。

「えっ？」

——何度も何度も、おまえの上を飛んでいた。だけど、おまえはうつむいて、いつも私に気づかなかったね。

「そうだったの？」

――そうだ。だから、助けられなかった。私《わたし》に気づかないおまえに近づいても、ほかの者の矢に射貫《いぬ》かれて、その者の獲物《えもの》になってしまうからね。今日はやっと、こうしておまえの役に立った。嬉《うれ》しいよ、ランペシカ。

「神さま……」

――さあ、もう行くよ。肉がこげすぎて、焼きちぢんでしまわぬうちに食べなさい。

「はい」

ランペシカはこうばしいこげ色のついた肉を火からおろし、ツルの神に聞きました。

「神さまは、これからどこへ行くのですか?」

――私はまた新しい体を得る。そして山や川や湿地《しっち》や浜辺《はまべ》やコタンの上を飛び、体に肉を増《ふ》やしながら、貧《まず》しい子どもを探《さが》すのだ。時にはわざと粗末《そまつ》な矢に射貫かれたり、石に当たってやったりもする。そして、また繰《く》り返《かえ》す……。

「…………」

そんなツルの神に見つけられた自分がいかに幸運だったのか、ランペシカはあらためて知りました。

「ありがとうございます」

ランペシカが頭を下げて、再《ふたた》び上げると、もうそこに美しいツルの神の姿《すがた》はありませんでした。ランペシカは手を脂《あぶら》だらけにしながら、がつがつと焼けた肉をむさぼりました。

（ああ、おいしい……）

体に肉が入ってゆくと、胃の底から熱がめぐり、血がすみずみまで流れてゆくのを、ランペシカは感じました。

次の日の朝、空は明るく晴れ、海は凪《な》いでいました。

お腹《なか》も心も満たされ、ぐっすり眠《ねむ》ったランペシカは、すっかり疲《つか》れがとれていました。ランペシカは昨日、食べたツルの骨《ほね》や羽根を一か所に寄《よ》せ、溜《た》まっていた砂《すな》をほって埋《う》めました。

「これで、いいかな……」

ランペシカは焼いた肉の残りと、白い大きな羽根を一枚懐《ふところ》にしまいました。一番大きくてきれいな羽根だけは、お守りにとっておこうと思ったのです。

「いってきます。ツルの神さま」

ランペシカはヤイレスーホに言いました。

「それから、あたしはノカピラに行った。ムカルを〈裁《さば》きの場《ば》〉に出してやろうと思ったんだ」

「〈裁きの場〉？　ああ、人間同士のいざこざを解決《かいけつ》する場所のことか」

ヤイレスーホは思い出したように言い、ランペシカはうなずきました。

〈裁きの場〉とは、納得《なっとく》のいかない取引や、刃傷沙汰《にんじょうさた》があった場合、「相応《そうおう》の金品を支払《しはら》ってほしい」「こちらが納得できるようにつぐなってほしい」と、相手を訴《うった》える場所です。小さなコタンでは、昔からその訴えを聞くのは村長の役目でしたが、ノカピラのように大勢《おおぜい》の人が住み、出入りし、数えきれない取引が行われている場所では、とても一人の首長の手には負えません。そこで、〈裁きの場〉という場所が作られ、五人の長老がその役目にあたっているのでした。

「でも、うまくいかなかった……」

「〈裁《さば》き〉で負けたのか？」

ランペシカは首をふり、吐《は》き捨《す》てるように言いました。

「〈裁き〉そのものが、できなかったんだよ。あいつは、ムカルは、あたしが行くことを予想して、手を回してたんだ！」

〈裁き〉が行われる建物の前には、二人の番人が立っていました。〈裁き〉の途中《とちゅう》で形勢《けいせい》が不利になって逃《に》げ出《だ》そうとする人を捕《つか》まえたり、怒《いか》りのあまり相手を傷《きず》つけようとする人を止めるためです。

「すみません。あたし、〈裁き〉を起こしたいんです」

と訴《うった》えるランペシカを見て、二人の番人は笑い出しました。

「なんだ、きょうだいゲンカでも訴えに来たか？」

「それとも、友達に玩具《おもちゃ》でも取られたのか？」

「違《ちが》います。あたしの父さんを騙《だま》して死なせた、ムカルって男をちゃんと裁《さば》きたいの。父さんのものを返してもらって、罪《つみ》をつぐなってほしいの！」

と言ってランペシカが冷たい地面に座《すわ》り込《こ》むと、やっと二人のうちの若《わか》い方が、中に人を呼《よ》びに行ってくれました。

「この子です。ルヤンペさま」

ルヤンペと呼ばれる、立派《りっぱ》な服を着た太った男は、

「ふむふむ。それでは、一応《いちおう》、この子の話を聞いてやろう」

と、ランペシカを建物の中に入れてくれました。

しかし、「なるほどなるほど」と、くわしく聞いてくれたルヤンペは、

「この娘《むすめ》が話したことは、本当ですかな？」

と、隣《となり》の部屋に話しかけました。すると隣の部屋からは、

「本当なわけがないでしょう」

と、いかにも人のよさそうな笑《え》みを浮《う》かべるムカルが出てきたのです。

「〈裁《さば》きの場《ば》〉のルヤンぺと、ムカルはつながってたんだ！」

「そうだな。たぶん金を渡《わた》しておいて、自分に都合の悪いことを訴《うった》えようとする奴《やつ》が来たら、すぐに知らせをくれるように言ったんだろう。そこへ、おまえがやってきたってわけだ」

ランぺシカはうなずきました。

ムカルはルヤンぺに、

「この子は家の手伝いが嫌《いや》で、よく家出をするし、根も葉もない嘘《うそ》をつくことがありまして、わたしも困《こま》っているのですよ」

と言い、「さあ、帰るぞ」と、ランぺシカを引きずるようにして〈裁きの場〉を出ました。

ノカピラの人ごみの中を歩きながら、

「まったく。とんでもないことをする娘《むすめ》だ。そんなに家の仕事がきつかったのか？」

と、ムカルは聞きました。

（なに言ってるんだ。それだけで飛び出したわけじゃないことは、わかってるくせに！）

ランぺシカがムカルの顔を見上げると、怒《おこ》っているはずのムカルがなぜか愛想笑《あいそわら》いを浮《う》かべていました。

「俺《おれ》がもう少し仕事を減《へ》らすよう言ってやろう」

急に猫《ねこ》なで声《ごえ》で優《やさ》しげに言うムカルに、ランペシカはぞっとしました。

「ところで……おまえ、父親からなにかもらったものはないか？」

もらうもなにも、父さんのものは、みんなあんたが奪《うば》ってしまったじゃないか、と思ったランペシカは、「そんなもの……」と言いかけて、はっとしました。

（あの金剛石《こんごうせき》！）

ランペシカは気づきました。ムカルはきっと、父さんから金剛石の不思議な力のことを聞いたのです。

（この人がやっかい者のあたしをわざわざ食わせてるのは、あの金剛石が欲《ほ》しいからだ。でもいくら家の中を探《さが》しても出てこないから、手懐《てなず》けて自分を次の持ち主と決めさせようとしてるんだ）

でも、とランペシカは不思議に思いました。あの金剛石は、自分の願いをかなえることはできないのです。強欲《ごうよく》なムカルにとって、それはなんの魅力《みりょく》もないはずでした。

（待てよ。もし奥《おく》さんやだれか友人と約束して、互《たが》いの願いを一つずつかなえることにすれば、それぞれの利益《りえき》を得ることができる――）

そんなこと、ぜったい嫌《いや》だ、とランペシカは思いました。

（父さんの命を救った母さんの形見だ。ぜったい渡《わた》すもんか！）

ランペシカは、自分の腕《うで》を引《ひ》っ張《ぱ》るムカルの手に、思いきり噛《か》みつきました。

「痛《いて》っ！」

ムカルが腕を離《はな》したそのすきに、ランペシカは走り出しました。

「待て！　ランペシカ！」

うしろからそんな声が聞こえ、次々と人にぶつかりましたが、かまわずにランペシカは市場《いちば》の中を走《はし》り抜《ぬ》けました。

七、ランペシカの話・その四

ランペシカは、逃《に》げました。

市場《いちば》の人ごみを抜《ぬ》け、迷路《めいろ》のような家々のすきまや、大人が入《はい》り込《こ》めないような路地や、人の家の裏《うら》を通り、ふっと開けた場所に出ました。目の前には、小さな入《い》り江《え》が広がっています。浜《はま》辺《べ》の小船の陰《かげ》に隠《かく》れ、ランペシカは恐《おそ》る恐《おそ》る逃げてきた方をふり返りましたが、追ってくる者はいないようです。

（よかった……！）

ランペシカがほっとすると、うしろから、

「あら、あんた」

という声がしました。どきっとしてふり返ると、あのペネイモをくれた母子《おやこ》でした。

「今日もお使いかい？」

母親の方がにっこり笑いました。ランペシカは、今日もペネイモを欲《ほ》しがっていると思われたくなくて、「あ、あの、今日はお腹空《なかす》いてないから……」と、首をふりました。

「そうかい。朝ごはん、食べてきたんだね」

ランペシカはうなずき、ひざの砂《すな》をはらいながら立ち上がりました。

「あの、すみません。聞きたいことが、あるんです」

「なんだい?」

「ヤイレスーホって、どこに行けば会えるんですか?」

「ヤイレスーホ? ああ、あの魔物《まもの》かい。あんた、よっぽどあいつのことが気になるんだね。でも、あの戦いのあとは、姿《すがた》を見た者はないからねえ。それに、会ってどうするの?」

「…………」

人を凍《こお》らせる力が欲《ほ》しい、とは言えず、「ただ、会ってみたいから」と、ランペシカは適当《てきとう》に答えました。

「そうだねえ。外れの路地にいる三姉妹《しまい》なら、なにか知ってるかもね」

「三姉妹?」

「ああ。姉妹っていっても、ノカピラ一の年寄《としよ》りの婆《ばあ》さんだよ。長生きだから、普通《ふつう》の人が知らないことも知ってるんだ。でも、だいぶ目や耳が悪くなってるから、調子のいい時しか話はできないけどね」

「わかりました。どうもありがとう」

母子《おやこ》に礼を言って、ランペシカは再《ふたた》び歩き出しました。

「そして、あたしは三姉妹《しまい》に会ったの」

ランペシカが言うと、「あいつらか……」とヤイレスーホは呟《つぶや》きました。

「会ったことあるの？」

ヤイレスーホはうなずきました。

「見えないくせに、なんでも見透《みす》かす、嫌《いや》な奴《やつ》らだ」


空き家だらけのあやしい界隈《かいわい》の、行き止まりになった路地の奥《おく》に、三人の老婆《ろうば》が座《すわ》っていました。老婆はみな、一見みすぼらしい格好《かっこう》をしていましたが、よく見ると無頓着《むとんちゃく》な重ね着をしているだけで、はおっているものも敷物《しきもの》も上等の厚《あつ》い毛皮でした。

そして、三人の前にはお供《そな》えのように、新しい食べ物が置かれていました。きっと、「普通《ふつう》の人が知らないこと」を聞きに来た人が、そのお礼にと置いていったのでしょう。

「なにが聞きたいんだね？」

長女らしき、一番年取った老婆がランペシカに聞きました。

「ヤイレスーホって人に会いたい」

ランペシカが言うと、

「ヤイレスーホは人じゃないよ」

と、長女は首をふりました。

「蛇《へび》だよ」

妹の一人が言いました。

「そうさ。蛇の魔物《まもの》さ」

もう一人の妹も言いました。

「蛇？　人間の姿《すがた》をしてるんじゃないの？」

混乱《こんらん》するランペシカに、長女が言いました。

「本来の姿は蛇なのさ。人間の姿にもなれるけど、蛇の方がラクなんだよ。自分では長く人間の姿でいられないんで、オキクルミに頼《たの》んだんだ。『ずっと人間の姿にしてくれ』ってね」

「オキクルミ……」

「そうさ。偉大《いだい》な神だよ。人間がうかつなことをしたら、雷《かみなり》で焼かれちまう」

「昔、焼かれた男がいたね。そいつの家と家族ごと」

「家族ごと？」

ランペシカはぞっとしました。本人だけならともかく、どうして罪《つみ》のない家族まで、と思ったのです。

「いったい、その男はなにをしたの?」

「オキクルミの妹に手を出したのさ」

「手を出したんじゃない。手をつかんだだけだ」

「それだけ? それだけで焼かれたの?」

「ああ。男はあっという間に黒こげだよ。家も雷《かみなり》が落ちて燃《も》え上《あ》がった」

「でも家族は助かったんだよ」

「おや、そうだったっけ?」

「そうだよ。燃える火の中に飛《と》び込《こ》んで、小さな子どもたちを助けた男がいたじゃないか」

「ああ、そうだ。それでオキクルミの妹は、その男に嫁《とつ》いだんだ」

神さまの妹が人間に……、とランペシカは思いました。

「妹は柳《やなぎ》の木の女神《めがみ》さ。それはそれは美しくて優《やさ》しい女神さ」

「オキクルミは怒《おこ》ったよ。それでも、妹のことはかわいかった」

「だから、妹の子を捜《さが》させた。ヤイレスーホにね。でも、見つけられなかったヤイレスーホは、ただの人間の女の子を身代わりに立てようとして、魔力《まりょく》を与《あた》えた。物を凍《こお》らせる力をね。『こんな力を持っているのは、神の子たる証《あかし》です』って」

「でも、見破《みやぶ》られたよ」

「オキクルミを怒《おこ》らせた」

「また蛇《へび》に戻《もど》された。もう何年も、蛇のままさ」

そうだったのか――ランペシカは納得《なっとく》しました。でも、人間の姿《すがた》だろうと蛇の姿だろうと、どうでもいいと思いました。ランペシカの目的は復讐《ふくしゅう》です。自分から父さんと、あの幸せな暮《く》らしを奪《うば》ったムカルに復讐するために、力が手に入ればいいのです。

「ヤイレスーホに会いたい。どこにいるのか教えて」

長女はしわだらけの手で、西の方を指さしました。

「ここから三日、歩いていった険《けわ》しい山の森の奥《おく》、崖《がけ》の上の洞窟《どうくつ》さ」

「そこで、奴《やつ》は眠《ねむ》っているよ。何年も何年も、蛇の姿で」

「起こさなきゃ会えないよ」妹たちも言いました。

「わかった。ありがとう」

ランペシカは礼を言って立ち去ろうとしましたが、三姉妹《しまい》は言いました。

「ヤイレスーホは魔物《まもの》だよ」「魔物は人間の頼《たの》みなんか聞かないよ」「行ったって無駄《むだ》だよ」

ランペシカの足が止まりました。

（そうだ……。あたしはヤイレスーホの所に行けばなんとかなると思ってた。でも、魔物《まもの》のヤイレスーホが、あたしの頼《たの》みを聞いてくれるかどうかなんて、わかんないんだ）

ランペシカは三姉妹《しまい》に聞きました。

「ねえ。ノカピラの魔女は、なんで物を凍《こお》らせる力をもらえたの？　なんでその子だけ特別だったの？」

「必要だったからさ」

「ヤイレスーホは人間になりたかったからさ」

「オキクルミが捜《さが》してた子どもに仕立てたかったのさ」

「…………」

自分には、ヤイレスーホの役に立ちそうなものは何もない、とランペシカは思いました。いったい、どうすればいいのでしょう？

「人間になりたいのさ、ヤイレスーホは」

「かわいそうな魔物のヤイレスーホは」

「哀《あわ》れな蛇《へび》のヤイレスーホは」

それを聞いたランペシカは、はっとしました。

「そうだ。あたしはこの石を持ってる。この石で、ヤイレスーホが『人間になりたい』っていう願いをかなえてやればいいんだ！」

ランペシカの言葉に、三姉妹《しまい》は見えない目で互《たが》いの顔を見合わせ、うなずきあいました。

「それはいいね」「取引だ」「賢《かしこ》い子だ」

ランペシカはあらためて三姉妹に礼を言い、教えられた山に向かって走り出しました。

「おやおや、行ってしまったよ」

「礼もなしかい」

「まあ、子どもだから。これに免《めん》じて許してやるかね」

長女はそう言って、ランペシカの落とした白い羽根を拾《ひろ》いました。


「――それで、ここに来たというわけか」

ランペシカは、うなずきました。

「あの追っ手の一人がムカルか？」

「違《ちが》う。ムカルはもっと年寄《としよ》り。あれはムカルに雇《やと》われた奴《やつ》らだよ。ろくに働きもしないで、そのくせ、いい儲《もう》け話《ばなし》はないかと、ぶらぶらしてる奴らさ。お金さえ出せば、なんでもやるんだ。特に、あの兄弟がひどいんだ」

「兄弟？」

「うん。有名な札付きの兄弟だったよ。弟の方が、片手《かたて》に包帯をぐるぐる巻《ま》いてる奴《やつ》。昔、『魔女《まじょ》』にさわろうとして手を凍《こお》らされたんだって」

「…………」

「ノカピラあたりではだれでも知ってる、馬鹿《ばか》でお調子者だって」

「なるほどな」

二人の家は、かつてはノカピラで一、二を争う金持ちで、船持ちでした。景気よくお金を使って遊ぶので、子分が何十人もいましたが、七年前の戦《いくさ》がきっかけで落ちぶれてしまったのです。岬《みさき》にもノカピラの人々にも大きな被害《ひがい》を与《あた》えた戦いは、もとはと言えば、この兄弟が仕組んだものでした。魔女にさわろうとして片手を失った弟と、それに憤《いきどお》った兄は、

「あの魔女の住む砦《とりで》には、魔物たちが集めてきた金銀財宝《きんぎんざいほう》がある。魔物たちを倒《たお》せば、それが手に入る」

という噂《うわさ》を港じゅうに流したのです。もともと魔物たちの中で一番大きな赤い魔物が、じゃらじゃらと宝石や飾《かざ》り玉《だま》をつけており、さらに兄が、まるで魔女が落としていったかのように「大きな宝石を拾った」と見せたことから、魔物たちの宝《たから》の噂は、あっという間に広まりました。

「砦に行ってみよう」

「あの砦につまってるくらいのお宝なら、大勢《おおぜい》でも山分けできるぞ」

と、人々は砦《とりで》に押《お》しかけました。

しかし、兄弟もノカピラの人々も、忘《わす》れていたことがありました。

ふだん砦のあたりで見かけるのは、コウモリやネズミや、せいぜいキツネくらいの小さな魔物《まもの》たちと、十五、六の少年の姿《すがた》をしたヤイレスーホだけでした。けれど、いったんヤイレスーホが魔物たちを召喚《しょうかん》すると、ノカピラの海や空は屈強《くっきょう》な魔物たちの乗ったシンターで埋《う》め尽《つ》くされ、巨大《きょだい》な怪鳥《かいちょう》フリューまでが現《あらわ》れ、人々を襲《おそ》い始《はじ》めました。魔物の長い爪《つめ》や鋭《するど》い牙《きば》で襲われ、フリューの起こす暴風《ぼうふう》で吹《ふ》き飛《と》ばされ、岬《みさき》と海が血で染《そ》まり、初めて、人々は魔物の恐《おそ》ろしさに気づきましたが、もうあとの祭りでした。

そこへシカマ・カムイと五人の家来《けらい》が現れて魔物たちを退治《たいじ》し、荒《あ》れるフリューの魂《たましい》を天に送ってやらなければ、ノカピラは取り返しのつかない被害《ひがい》を受けていたでしょう。

騒《さわ》ぎが静まり、人々は欲《よく》に溺《おぼ》れ、噂《うわさ》に踊《おど》らされていた自分たちを恥《は》じました。

そして人々を騙《だま》し、あおった兄弟を相手にする者は、ほとんどいなくなったのです。船主だった父親から船を借りたり、積み荷の運搬《うんぱん》を頼《たの》んだりする者も一人減《へ》り、二人減りして、兄弟は徐々《じょじょ》に貧《まず》しくなっていったのでした。

「それで、あたしはこの山まで逃《に》げてきたんだ。大変だったよ。ツルの神の肉は、もう少ししかなかったから、草をかじってつららをなめて、走れなくなると歩いて……。あんたに魔女《まじょ》にしてもらうことだけを考えてた……！」

話し終えたランペシカは色あせたつぎはぎだらけの衣《ころも》を脱《ぬ》ぎ、その下の肌着《はだぎ》をめくりました。

「なにをしている？」

不快《ふかい》そうに顔をしかめるヤイレスーホに、ランペシカは肌着にぬいつけてあった金剛石《こんごうせき》を取り出して見せました。

「この石が、父さんのくれた金剛石だよ」

ヤイレスーホは石に顔を近づけ、「これが……」と呟《つぶや》きました。

「大地に深く眠《ねむ》っていた石には、ときどき奇《あや》しい力がやどることがあるというが、これも、そういう石か」

「そうだよ。今、この石の持ち主はあたしなんだ。だから、あたしの言うことを聞いてくれたら、あたしはあんたの願いをかなえる。次の持ち主にも選んであげる。あんたは願いがかなったうえに、この石が手に入る。どう？　悪い取引じゃないでしょ？」

「…………」

「お願い！」

ランペシカは、必死に頭を下げました。しばらくヤイレスーホは答えず、ランペシカが顔を上げると、目の前にほかほかと湯気を立てた汁椀《しるわん》が置いてありました。

「これを食ったら、旅に出る」

「じゃあ、あたしに呪《のろ》いをかけてくれるの？」

「なんでだ」

「違《ちが》うの……じゃあ、どこに行くの？」

ランペシカの甘《あま》い期待は打《う》ち砕《くだ》かれましたが、旅に出るということは、追っ手には引《ひ》き渡《わた》さないということでしょう。

「ついてくればわかる」

ヤイレスーホは、それ以上なにも言いませんでした。

（なんだろう？　でも、あたしの願いを端《はな》から聞いてくれる気がないなら、いっしょに旅になんか出ないよね？）

ランペシカは黙《だま》って、椀に入っていた汁をたいらげました。

八、ススハム・コタン

二人は追っ手を警戒《けいかい》して、男たちが逃《に》げたのとは別の方向から山を下り、南へ向かいました。

ヤイレスーホは歩くのがやたら速いというわけではありませんでしたが、どんな道でも滑《すべ》るようにするすると歩いてゆくので、ときどき段差《だんさ》や倒《たお》れた木にぶつかると、ランペシカが、

「ちょっと待ってよ」

と言わなければ、どんどん先に行ってしまいます。あまり疲《つか》れないのか、休むのもほんの少しなので、

「今日はここまでにしよう」

と夕暮《ゆうぐ》れにヤイレスーホが言うころにはいつも、ランペシカはくたくたでした。

しかし、ムカルの家で働かされていた時のことを思うと、この歩くだけの毎日が、ランペシカは苦ではありませんでした。ヤイレスーホは自分のことを歓迎《かんげい》してはいないし、今のところ、簡《かん》単《たん》に物を凍《こお》らせる力をくれる気はなさそうです。

（でも、この人は、あたしを馬鹿《ばか》にしてない。下に見てない……）

つまりは関心がないのでしょうが、ランペシカには、それが心地《ここち》よく感じられました。

出どころはわかりませんでしたが、ヤイレスーホは旅の間じゅう、不自由しない金品を持っていました。コタンを通るたびに、そこで干《ほ》し肉《にく》や干《ほ》し魚《うお》を買いだめし、夜は火のそばで、それをあぶったり、水で軟《やわ》らかく煮戻《にもど》して食べました。といっても、食べるのはランペシカがほとんどで、ヤイレスーホはほんの少ししか口にしません。ランペシカは自分ばかりががつがつしていると決まりが悪かったので、

「ヤイレスーホも食べてよ」

と言いましたが、「いらん」と、ヤイレスーホはすぐ横になってしまうのでした。それなら、とランペシカが食べていると、ヤイレスーホがしみじみと言いました。

「おまえは、よく食うな」

ランペシカはむっとしました。ヤイレスーホの言葉には、悪意も嘲笑《ちょうしょう》もありませんでしたが、ムカルの家で、おかわりしようとすると嫌《いや》な顔をされていたのを思い出したのです。

「しょうがないよ。毎日こんなに歩いてるんだから、お腹《なか》が減《へ》るんだよ」

「そうか。じゃあ、しょうがないな」

ランペシカが強くうなずくと、ヤイレスーホはふっと笑いました。それは優《やさ》しいというより、

自分ではもう食べられない老人が、孫や若者《わかもの》の食事を見ているような表情《ひょうじょう》でした。

「よく腹《はら》が減《へ》って、よく食う。だから、人間は年を取るのが早いんだな」

「年って……そういえば、ヤイレスーホっていくつなの？」

「いくつ？」

「あたしより、五つか六つくらい上にしか見えないけど、本当はもっと上でしょ。何歳《なんさい》なの？」

七年前のノカピラの戦《いくさ》の時に、「若《わか》い男」だと言われていたのですから、もう二十歳《はたち》は過《す》ぎているはずですが、とてもそうは見えませんでした。

「忘《わす》れたな」

「自分の年を忘れるわけないよ」

「いや、百を過ぎると数えるのもめんどうになる」

「ひゃ……っ！」

ランペシカは、横になって火を眺《なが》めているヤイレスーホを見つめました。あらためて見ると、あの追ってきた男たちが、「やたらいい男」と言ったように、ノカピラの市場《いちば》を歩いたら、その銀の髪《かみ》と顔立ちに、女の人たちがふり返りそうだと思いました。

「おい」

急にヤイレスーホが起き上がり、ランペシカはどきりとしました。

「な、なに？」

「おまえは、なぜ呪《のろ》いが欲《ほ》しいんだ？」

「なぜって……」

そんなこと、もう説明したじゃないかと思いつつ、あらためてランペシカは言いました。

「あたしは強くなりたい。だから、あんたの力が欲しい」

「……あの力は、憎《にく》い相手だけ凍《こお》らせるんじゃないんだぞ。親しい者も、すべてだ」

「親しい者なんていない。だからいいよ」

「これから出てきたらどうする？」

「それは、ないよ」

「そんなのわかるか。軽々しく『呪いが欲しい』なんて言うな」

「な……っ！」

ヤイレスーホは再《ふたた》びごろりと横になりました。ランペシカは怒って、

「軽々しくなんて言ってない！」

と抗議《こうぎ》しましたが、ヤイレスーホは動きませんでした。

「ねえ。言ってないよ、ヤイレスーホ」

ランペシカが立ち上がり、火の向こうに行こうとすると、急にヤイレスーホの姿《すがた》が消えまし

た。驚《おどろ》くランペシカの足もとから、しゅっと白いものがしげみの中に消えてゆきました。

「ヤイレスーホ!」

しげみから森の中へと消えたヤイレスーホに、ランペシカは呼《よ》びかけましたが、返事はなく、本人が戻《もど》ってくる気配もありませんでした。

「ずるい……。都合が悪くなると、蛇《へび》に戻るんだ」

ランペシカはむかむかしつつ、毛皮にくるまりました。しかし、しずかな夜の中で怒《いか》りが冷めてくると、こうも思いました。

(あたし、なに期待してたんだろ? ヤイレスーホは魔物《まもの》だ。最初から、人間のあたしの気持ちなんかわかってくれるはずない。そうだ。あたしは力さえ、もらえればいいんだ)

その力をなかなかくれないから、こうしていろいろと考えてしまうのだ、とランペシカは再《ふたた》び腹《はら》が立ちましたが、その腹立ちは長くはもちませんでした。満腹感《まんぷくかん》と今日の疲《つか》れに、睡魔《すいま》が襲《おそ》ってきたからです。そして、眠《ねむ》りに落ちかけたランペシカは、そばにヤイレスーホのひんやりとした気配を感じましたが、もう起きて文句《もんく》を言う気力はありませんでした。

翌朝《よくあさ》、ランペシカが目覚めると、ヤイレスーホはいつものように人間の姿《すがた》で、近くの木の下に座《すわ》っていました。

「食ったら、行くぞ」

「うん」

ランペシカは起き上がり、朝食の木の実をかじりました。そして、昨日のいさかいなどなかったように、ヤイレスーホのあとを黙《だま》って歩き出しました。

そんな二人の旅が、二十日ほども続いたでしょうか。

ある川のほとりまで来たヤイレスーホは、

「今日はここまでだ」

と言いました。いつもは日暮《ひぐ》れまで歩き続けるのに、まだかなり明るい空を見上げ、「早いね。もう休むの？」と、ランペシカは言いました。

「ああ。明日《あした》には着く」

「どこに？」

ヤイレスーホは答えませんでした。

次の朝、朝食をとった二人が川に沿《そ》って下ってゆくと、家々が点在《てんざい》する小さな集落が現《あらわ》れました。

「着いたぞ」ヤイレスーホが言いました。

「ここ、どこ?」

ランペシカは、あたりを見回しました。見る限《かぎ》り、家の大きさはあまり差がありません。大きな家も御殿《ごてん》というほどではなく、小さな家もあばら家というほど荒《すさ》んではいません。

ノカピラほどは、貧富《ひんぷ》の差がない集落のようです。

「ススハム・コタンだ」

「ススハム……柳《やなぎ》の葉の魚……?」

「ああ」

そういえば、集落に入る少し前、川のそばに大きな柳の木があったな、とランペシカは思い出しました。

父さんが魚より獣《けもの》を捕《つか》まえるのが巧《うま》い猟師《りょうし》だったので、ランペシカはあまり魚を食べたことがありませんでしたが、ススハムの名前くらいは知っていました。父さんの話では、昔はいなかったのに、ある時から急に見かけるようになった魚で、二十年近く前の飢饉《ききん》では、この魚のおかげで救われた村もあるということでした。

「じゃあ、ここではススハムがよく捕《と》れるの?」

と、ランペシカは聞きましたが、いつのまにかヤイレスーホはいませんでした。

「あれ?」

ランペシカがあたりを捜《さが》すと、少し離《はな》れた家の前で、ヤイレスーホは家の人になにか聞いているところでした。

「この辺に、――という娘《むすめ》は住んでいないか？」

娘の名前は聞き取れませんでしたが、相手の言葉に、「そうか」と、ヤイレスーホはうなずいていました。

「このコタンに、だれか知り合いがいるの？」

「ああ。今からそこに行く」

と言いながら、ヤイレスーホはどんどん歩いていきました。

「コタンの外？」

「そうらしい」

歩いていくうちに、ランペシカとヤイレスーホは、どんどん距離《きょり》が離れてゆきました。平らでなにもない道なのに、とランペシカは思いました。いくら背丈《せたけ》に差があるとはいえ、山を下りてから、こんなに差がつくことはありませんでした。

「ねえ、待って。速いよ」

それでもヤイレスーホがふり返りもしないので、ランペシカは大声で怒鳴《どな》りました。

「なにそんなに急いでるの、ヤイレスーホ！」

ヤイレスーホは立ち止まって言いました。

「急いでる？　おれが？」

「そうだよ。自分で気づいてないの？」

必死に走って追いついたランペシカは、ぜいぜいと息をつきながら聞きました。

「そんなに、早く会いたい人なの？」

ヤイレスーホは答えませんでした。

二人はコタンからしばらく歩き、森の手前の小屋の前で止まりました。小屋はコタンの家々に比《くら》べてまだ新しく、建てて数年しかたっていないようでした。その小屋の中から、だれかが出てくる気配がすると、ヤイレスーホはランペシカの頭をぐいっと押《お》さえつけました。

「痛《いた》っ！」

「しっ！」

二人はクマザサのしげみに身をひそめました。

「なんなの？　あんたの知り合いじゃないの？」

ヤイレスーホはなにも答えませんでした。ただ、じっと二色の目で小屋の方を見ていました。

「………」

やがて戸が開き、中から一人の若《わか》い女の人が出てくると、ランペシカは息を呑《の》みました。

二十歳《はたち》くらいでしょうか。つややかな長い黒髪《くろかみ》となめらかな肌《はだ》に、大きな目と細い鼻と小さな唇《くちびる》をした、それはきれいな女の人でした。女の人は、湯気の立つ大きな籠《かご》を持っていました。

その籠には、どうやら煮《に》たオヒョウの皮が入っているようです。

女の人は木の竿《さお》に、細く裂《さ》いたオヒョウの皮をかけてゆきました。女の人は、なにか歌っていました。

「シルン　カムイ　ネゥン　オマンワシム（荒《あ》れる天の神よ　さっさと帰りなさい）」

それは、澄《す》んだ優《やさ》しい声でした。

「あの人……だれ？」

ヤイレスーホは、なにも答えませんでした。

「あたし、あんなきれいな人、今まで見たことないよ」

ランペシカはヤイレスーホに言いましたが、やはり答えはありませんでした。

「ねえ、聞いてる？　ヤイレスーホ！」

苛立《いらだ》ち、大声を出したランペシカに気づいたのか、女の人がはっとしたように二人の方を見ました。

「だれ？」

女の人の不安そうな声に、ランペシカはしげみの中から立ち上がり、ぺこりと頭を下げました。「あら」というように、女の人は笑いました。

（あっ、この人……！）

ランペシカは気づきました。

（あの雪像《せつぞう》に似《に》てる。そっくりだ！）

ヤイレスーホの住みかの洞窟《どうくつ》の前に立っていた、まるで生きた人間を凍《こお》らせたような雪像を、ランペシカは思い出しました。そして、その像を壊《こわ》されて怒《おこ》ったヤイレスーホが、自分を追ってきた男たちを倒《たお》してくれたことも。

（あの雪像を、あいつらが壊さなかったら、ヤイレスーホは怒らなかったかもしれない。あたしのことなんか助けなかったかもしれない）

雪像に似た女の人は、少し首をかしげ、優《やさ》しくランペシカに聞きました。

「見かけない子ね。お使いで来たの？」

「ううん。あたしは……その、ヤイレスーホと……」

「えっ？」

女の人の眉間《みけん》に、深いしわが寄《よ》りました。

「今、なんて？」

「ヤイレスーホ……」

ランペシカは、自分の足もとのしげみで、顔を押《お》さえているヤイレスーホに言いました。

「もう出てきなよ。ヤイレスーホ、あんたの知ってる人なんでしょ？」

ヤイレスーホは、すいっと立ち上がりました。それは音もなく、ランペシカは久《ひさ》しぶりに、ヤイレスーホが蛇《へび》だったことを思い出しました。

そして、もう一度女の人の方を見たとたん、ランペシカは目を疑《うたが》いました。

さっきまであんなにきれいでおだやかだった女の人の顔は、恐《おそ》ろしくゆがんでいたのです。それはまるで晴天が豪雨《ごうう》に変わったようでもあり、水底《みなそこ》の石まで見える澄《す》んだ小川に、突然《とつぜん》石が投《な》げ込《こ》まれて泥《どろ》の川になったかのようでもありました。

女の人は声にならない叫《さけ》び声《ごえ》をあげ、そこに倒《たお》れました。

九、招《まね》かれざる客

「え、ええっ⁉」

ランペシカが呆然《ぼうぜん》としていると、小屋の戸が開いて、

「姉さん、どうしたの?」

と、若《わか》い男が顔を出しました。女の人に似《に》ている十七、八の少年でした。

「姉さん!」

少年は倒《たお》れた女の人に駆《か》け寄《よ》り、「姉さん、姉さん?」と呼《よ》びながら抱《だ》き起《お》こしました。その口調と表情《ひょうじょう》からは、この弟が姉のことをどんなに慕《した》っているか伝わってきました。

「あの……」

ランペシカは、なぜか自分が悪いことをしたような気がして、おずおずと声をかけました。

「その人、急に倒れちゃって……」

「だれだ、あんたたちは?」

「あたしはランペシカ。こっちは……」

と言いかけたランペシカより早く、少年が気づきました。

「その髪《かみ》と目……」

「えっ？」

「まさか……！」

「あっ、知ってるの？」

この少年とも知り合いだったのか、と思ってランペシカはヤイレスーホに聞きました。

「いいや」

ヤイレスーホは首をふりました。

「おれは、知らない」

「おれは、知ってる」

気を失った女の人を守るように抱《だ》きかかえ、少年は言いました。

「姉さんとチポロ兄さんから聞いた。おまえ、ヤイレスーホだろ？」

「そうだ」

少年は憎悪《ぞうお》のこもった瞳《ひとみ》で、ヤイレスーホを睨《にら》みつけました。

「なにしに来た？」

「…………」

「おまえが、今ごろまた、なにしに来たんだ！」

ランペシカは、二人の顔を見て途方《とほう》に暮《く》れました。そして、少年は女の人を抱《だ》きかかえたまま、小屋の中に入ると、

「帰れ！」

という声とともに強く戸を閉《し》めました。

ランペシカはまた呆然《ぼうぜん》としました。女の人と少年は、中に入ったきり出てきません。しばらく外で待っていたランペシカはため息をつき、木の根元に座《すわ》り込《こ》んでいるヤイレスーホに言いました。

「もう、帰ろうよ。ヤイレスーホ」

「…………」

「あの人は、会ってくれないよ」

「…………」

「あたしも、あの人に用はない」

「…………」

「聞いてる？」

木に寄《よ》りかかったまま、ヤイレスーホはなにも答えませんでした。

(きっと、聞いてないんだ)

と、ランペシカは思いました。

(あの人に会ってから……ううん、あの人のことを考え始めてから、ヤイレスーホは、あたしのことなんか見てない、聞いてない。どうだっていいんだ)

ランペシカがふてくされて座《すわ》り込《こ》むと、小屋の方から話し声が聞こえました。

「いないのかねえ」

「二人とも留守《るす》かなあ」

クマザサの間からそっと見てみると、杖《つえ》をついた白髪《しらが》の老人と、その手を引く小さな女の子の姿《すがた》が見えました。話し声に気づいたのか、小屋の戸が開き、あの少年が顔を出すと、

「ああ、マヒト。いたのかい。よかった」

と老人が言いました。

「この間もらった薬草が効《き》いたみたいでね。調子がいいんだよ」

「そうか、よかったね。ちょうど同じ草があるから……」

と言いながら、マヒトと呼《よ》ばれた少年は、少し間を置いて言いました。

「悪いけど、外で待ってもらえるかな?」

「ああ。平気だよ」

老人はそう言って、女の子に支《ささ》えられながら、近くの切り株《かぶ》の上に腰《こし》を下ろしました。しばらくして中から干《ほ》した草の束を持ってきたマヒトは、それを老人に手渡《てわた》しました。

「これで、しばらくもつと思うよ」

「ありがとう。ほんとに、あんたたち姉弟《きょうだい》の作る薬はよく効《き》くよ」

老人は女の子をうながし、女の子は大きな木の葉で包んだ干し肉のようなものをマヒトにさし出しました。

「こんなにいらないよ」

「そう言わずに受け取っておくれ。チポロがいないと、あんまり食べられないだろ?」

「まあ、おれは兄さんほど、狩《か》りは得意じゃないから……」

苦笑《くしょう》するマヒトに、女の子が「イレシュはいないの?」と聞きました。

「ああ……姉さんは、今日はちょっと疲《つか》れたみたいで、休んでるよ」

「こんな明るいうちから? 珍《めずら》しいねえ」

そう言いつつ、老人は「本当にありがとう」と、薬を袂《たもと》にしまいました。その時、

「ねえ、マヒト」

と、女の子がマヒトに聞きました。

「マヒトとイレシュは、なんでこんな所に住んでるの？　コタンにいれば、みんな薬をもらいやすくて助かるのに」

「これ！」

老人がたしなめましたが、マヒトは女の子に答えました。

「森の中の方が薬草を集めやすいだろ。匂《にお》いのするものを煮込《にこ》んでも、周りの家に迷惑《めいわく》をかけないしね」

「あ、そうかあ」

女の子は素直《すなお》にうなずき、老人といっしょに手をふりながら帰ってゆきました。ランペシカはクマザサの陰《かげ》からそれを見ながら、

（あの姉弟《きょうだい》、イレシュとマヒトっていうんだ）

と、思いました。するとしげみの中にいるランペシカに気づいたのか、マヒトが言いました。

「帰れと言ったはずだぞ！」

マヒトはランペシカのいる方を睨《にら》みつけ、大きな音を立てて木戸を閉《し》めました。それは、さっきまでの老人と女の子に見せていた優《やさ》しい表情《ひょうじょう》とは、まったく違《ちが》うものでした。しかし、ランペシカはそんなことより、あの女の子が言っていたことの方が気になりました。

（あの姉弟は、薬を作るのが得意なんだ。足の悪いお爺《じい》さんが、わざわざもらいに来るほど。で

も、だったらあの女の子の言うように、コタンに住んでいた方が、人がたずねてきやすいのに、なんでこんな所に暮《く》らしてるんだろう。毎日匂《にお》いのするものを煮込《にこ》んでいるわけじゃあるまいし、人が来るのが嫌《いや》なのかな?)

それならば、こんな中途半端《ちゅうとはんぱ》にコタンから離《はな》れた所ではなく、もっと人里離れた所にいるはずです。たずねてきた人にも居留守《いるす》を使うか、冷たく追い返すでしょう。

(変な姉弟《きょうだい》。父さんみたいな猟師《りょうし》だったら、山にいるのも珍《めずら》しくないけど……)

ランペシカは父と暮らした、海辺の家のことを思い出しました。

そのころ、小屋の中では、床《ゆか》に敷《し》いた毛皮の上で、イレシュが目を覚ましていました。

「今、だれか来たの?」

イレシュはマヒトに聞きました。

「ああ。いつものお爺《じい》さんと孫だよ。姉さんが用意しておいた分を渡《わた》しておいた」

「そう……」

と答えつつ、イレシュは戸口の方を見ました。

「あの子は?」

「……まだ、外にいるよ」

忌《い》ま忌《い》ましそうに、マヒトは答えました。

「『帰れ』って言ったのに、帰らないんだ」

マヒトは小屋のすみに立てかけてあった、弓矢を手に取りました。

「弓なんて無駄《むだ》よ」

イレシュは体を起こしながら言いました。

「チポロならともかくね」

「だけど……！」

イレシュはひたいを押《お》さえながら、敷物《しきもの》の上にきちんと座《すわ》り直《なお》すと、マヒトに言いました。

「あの子を呼《よ》んで」

「姉さん、まさか会ってやる気なのか？」

「あの子だけね。ここに呼んでちょうだい、マヒト」


ヤイレスーホが動かないので、することもないランペシカは、クマザサの葉をぶちっと引《ひ》き抜《ぬ》いては、放り投げていました。その時、

「おい」

という声がしました。どきりとしてランペシカが立ち上がると、小屋の戸が開き、マヒトが立っ

ているのが見えました。

「姉さんが、おまえだけなら会うと言ってる」

「あたしだけ?」ランペシカは自分を指さしながら、ヤイレスーホの顔を見ました。

「行け」

まるで予想していたかのように、ヤイレスーホはあっさりと言いました。ランペシカはうなずき、

「勝手に、どっか行かないでよ」

と、ヤイレスーホに釘《くぎ》を刺《さ》し、マヒトのあとについて小屋の中に入りました。

小屋の中では、囲炉裏《いろり》のそばの毛皮の上に、背筋《せすじ》を伸《の》ばして座《すわ》ったイレシュが待っていました。その顔は少し青白かったものの、ランペシカを精一杯歓迎《せいいっぱいかんげい》するように、ほほえんでいました。

「どうぞ、座って」

「はい」

向かい合った二人はお互《たが》いの顔を見ました。いくらにこやかにしていても、イレシュの顔は青白く、

（さっきはあんなに元気そうに働いてて、顔色もよかったのに……）

と、ランペシカは思いました。

「名前は、なんていうの？」

イレシュが言いました。

「ランペシカ」

「あたしはイレシュ。あたしのこと、あの人からなんて聞いたの？」

「なにも」

ランペシカは首をふりました。

「ヤイレスーホは、あんたのこと、あたしにはなにも話してくれなかった。だから、ここへ来るまで、だれと会うのかもわからなかった」

「そう……」

「でも、あたし、あんたのこと知ってる」

「どうして？」

ヤイレスーホの住みかに雪像《せつぞう》があったから、と言おうとして、ランペシカはやめました。あの雪像は、よく似《に》ていますが、イレシュだとはっきりしているわけではないのです。

「ノカピラの港で聞いたから。あんた、『魔女《まじょ》』って呼《よ》ばれてたんでしょ？」

「おい!」

急にマヒトに怒鳴《どな》られ、ランペシカはびくっとしましたが、そんな弟に「いいのよ、マヒト」と言い、イレシュはランペシカに聞きました。

「それで?」

「あたしも『魔女《まじょ》』になりたかった。だから、ヤイレスーホを捜《さが》した。普通《ふつう》の女の子だったあんたを、ヤイレスーホが『魔女』にしたって、ノカピラで聞いたから……」

ランペシカは、ひざの上のイレシュの手が震《ふる》えているのに気づきました。

「あの……」

と言いかけたランペシカに、イレシュは聞きました。

「どうして、あなたは『魔女』になりたいの?」

ランペシカは、自分の身の上をざっと話しました。

ノカピラの近くで生まれ育ったこと、父親が生きていたころは幸せだったけれど、その死後はただ生きていただけだったこと、そんな中で、「魔女」と「ヤイレスーホ」の話は、唯一《ゆいいつ》の希望で生きる支《ささ》えだったこと、そしてどうにかヤイレスーホを捜し当てた時、自分を追ってきた男たちをヤイレスーホが一瞬《いっしゅん》で倒《たお》してくれたことも。

「でも、ヤイレスーホは、あたしに『力』をくれなかった。あたしを『魔女』にしてくれなかった。そして、なにも言わずにここへ連れてきた」

「…………」

「たぶん、あんたに会わせるために……」

イレシュはうなずきました。

「わかったわ」

「なにが？」

「彼《かれ》がなぜ、あなたをここへ連れてきたか。彼は、あなたに『力』は必要ないと思ったんだわ」

「なんでそんなことわかるの？」

イレシュが迷《まよ》いもなく言いきったことに、ランペシカはなんだか腹《はら》が立ちました。

「あたしには必要だよ！　そうじゃなきゃ……勝てないんだ」

「あなたはそう思っても、彼はそう思ってはいない」

「じゃあ、あんたにあげた時は必要だったの？」

イレシュの顔色が変わりました。

「そう思ったのよ。あの人はね」

「そんなの、ずるい」とランペシカが言った時、マヒトが立ち上がりました。

「馬鹿馬鹿《ばかばか》しい！　おまえの生《お》い立《た》ちには同情《どうじょう》する。だが、それとこれとは話が別だ。姉さんを巻《ま》き込《こ》まないでくれ。さあ、出ていけ！」

ランペシカの腕《うで》をつかんで、小屋の外に追い出そうとするマヒトに、

「マヒト、外は寒いわ。その子は中に入れてあげて」

と、イレシュは止めました。

「人がよすぎるよ、姉さんは。さあ、これをやるから外に出ていけ」

マヒトが手近にあった毛皮の敷物《しきもの》を、ランペシカに押《お》しつけました。

「マヒト！」

「平気だよ」

ランペシカはイレシュに言いました。

「もっと寒い時、外で寝《ね》たこともあるから」

そしてランペシカは、マヒトに敷物の礼を言って、外へ出ました。

外は夕方の風が吹《ふ》き始《はじ》め、ほおに冷たく突《つ》き刺《さ》さりました。ランペシカは、イレシュの優《やさ》しさに苛立《いらだ》っていました。マヒトの言うように「人がよすぎる」くらいなのに、なんだか腹《はら》が立つのです。その怒《いか》りは、しげみに隠《かく》れて横になっていたヤイレスーホに向かいました。

「ヤイレスーホ！」

「………」

「なんで、あたしをこんな所に連れてきたの？」

ランペシカは、自分に背《せ》を向けて寝《ね》ているヤイレスーホに言いました。

「おまえが『魔女《まじょ》』になりたいと言ったからだ」

「言ったよ？　あたしは『魔女』になりたいって。でも『魔女』だった人の話を聞きたいなんて、ひと言も言ってない！」

ヤイレスーホはランペシカの方を向き、体を起こしました。

「……おまえは本当に、人間じゃない者になる覚悟《かくご》があるのか？」

「えっ？」

「あの女が、なぜこんな所に住んでいると思う？」

「はあ？」

「もともとコタンに住んでいた娘《むすめ》だ。三年ぶりにやっと帰ってきて、昔は家族と住んでいただろうに、なぜ人から離《はな》れて暮《く》らしていると思う？」

「薬の材料を集めるのと、匂《にお》いのするものを煮《に》るためでしょ？」

「あれは嘘《うそ》だ。本当は……」

「どうでもいいよ。あたしには関係ない」

ランペシカはイレシュのことなど、考えたくもありませんでした。そんなふうにふてくされているランペシカに、ヤイレスーホは言いました。

「おまえに『力』をやるのは簡単《かんたん》だ。ああ、簡単だとも。だが、おまえは人間でも魔物《まもの》でもない者になる」

「だから？」

「……一人も同じ仲間のいない辛《つら》さが、おまえにわかるか？」

まだイレシュのことを言うのか、とランペシカはうんざりしました。

「あたしは仲間なんか最初からいなかった。今もだよ」

「……………」

「だから、辛いなんて……」

「もう、寝《ね》ろ！」

ヤイレスーホの強い言い方に、ランペシカはどきりとしました。

初めて出会った時から、ヤイレスーホは無表情《むひょうじょう》で無愛想でしたが、不思議と怖《こわ》いと思ったことはありませんでした。それはおそらく、自分に対して怒《いか》りや憎《にく》しみを向けられていたわけではなかったからです。

ヤイレスーホには、そういった感情はなかったのです。なのに自分は今、初めてヤイレスーホに怒《おこ》られた、初めて怒らせたのだとランペシカは思いました。

(あたしがイレシュのことを、わかってやらないから怒ってるんだ)

むしゃくしゃした気持ちのまま、ランペシカはマヒトにもらった毛皮にくるまりました。

(なんなの？　ヤイレスーホも、あの弟も、イレシュのことばっかり！)

その夜、ランペシカはなかなか寝付《ねつ》くことができませんでした。

十、普通《ふつう》の人間

次の日、小屋を横目に朝食をとりながら、ランペシカはヤイレスーホに言いました。

「ノカピラに帰るよ。あんたはどういうつもりだったか知らないけど、あたしの気は変わらないから」

「おれもだ。おまえに『力』をやる気はない」

「じゃあ、あたしはこの石を、あんたのためには使わないよ。それでいいの？」

そうランペシカが言った時でした。舌打《したう》ちして、ヤイレスーホが立ち上がりました。

「なに？」

ランペシカも立ち上がると、ヤイレスーホは森の中を指さしました。木々の間には、ちらほらと人影《ひとかげ》が見えます。それは、あの洞窟《どうくつ》まで追ってきた四人の男たちでした。

「あいつら……こんなとこまで！」

「やれやれ」と、ヤイレスーホはため息をつきました。

「なんて、しつこい……」

「それだけ、おまえの石に価値《かち》があるってわけだ」

ヤイレスーホの言葉に、ランペシカはぞっとしました。

「いたぞ！」

男たちが、ランペシカとヤイレスーホを見て叫《さけ》びました。木々の間を走ってきた男たちは、小屋を背《せ》にしたランペシカとヤイレスーホを取り囲みました。

「おまえ、この間はよくもやってくれたな」

「物を壊《こわ》されたのは、こっちだがな」

ヤイレスーホは呟《つぶや》きましたが、「うるせえ！」と、男の一人が怒鳴《どな》りました。

「さっさと、その娘《むすめ》をよこせ」

男たちは手に手に、小刀や鎌《かま》や斧《おの》を持っていました。

「……少しは、準備《じゅんび》してきたようだな」

その時、外の騒《さわ》ぎに気づいたのか小屋の戸が開き、イレシュが顔を出しました。

「どうしたの？」

「出るな！」

ヤイレスーホが叫んだのと、イレシュが男たちを見て息を呑《の》んだのは同時でした。

「……どういうこと？」

ヤイレスーホが、さっとランペシカの手を引きました。そして男たちからかばうように自分のうしろに回すと、そのままイレシュの方に強く突《つ》き飛《と》ばしました。

「わっ！」

転びかけたランペシカを、イレシュが受け止めました。

「その子を頼《たの》む」

イレシュはうなずき、ランペシカの肩《かた》を抱《だ》いて、

「中に入って！」

と言いましたが、木戸に手を伸《の》ばした瞬間《しゅんかん》、ドンという音がしました。イレシュが手をかけようとした戸の取っ手の横に、小刀が刺《さ》さっています。

「動くな。けがするぞ」

と言った男を、イレシュは睨《にら》みつけました。男はじろじろとイレシュを見て、

「こりゃまた、えれえべっぴんじゃねえか」

と言いましたが、ふと「待てよ……おまえ、どこかで？」と、呟《つぶや》きました。

「あっ！」

片手《かたて》に包帯を巻《ま》いた男がイレシュを指さしました。

「あいつだ！　『魔女《まじょ》』だ！」

自分の肩《かた》を抱《だ》くイレシュの手に、ぎゅっと力が入ったのをランペシカは感じ取りました。

（こいつら、なんでイレシュが『魔女』だって知ってるの？　なんか『魔女』だったイレシュに関わったの？）

包帯の男は、もはやランペシカは目に入っておらず、イレシュを睨《にら》みつけていました。

「まさか、こんな所でおまえに会えるとはな……」

男がイレシュに一歩近づいた時、ヤイレスーホが手をかざしました。

「うわっ！」

包帯の男が勢《いきお》いよく後方に飛ばされ、それを見た一人が「こいつ！」とヤイレスーホに向かって、手斧《ておの》を投げつけました。

「あっ！」

ランペシカは思わず目を閉《と》じましたが、空中で金属《きんぞく》のぶつかる硬《かた》い音がしたかと思うと、男たちの驚《おどろ》く声が聞こえました。

「えっ？」

目を開けたランペシカの前にあったのは、地面に刺《さ》さった斧と、一本の矢でした。そして、イレシュが森の方を見て呟《つぶや》きました。

「チポロ？」

そこには、だれもいませんでした。角度からいって、斧《おの》にぶつかった矢は、たしかにイレシュが見ている方向から飛んできたのですが、人の姿《すがた》はありません。

（こんな木の間を、見えないくらい遠くから矢で射《い》るなんて……）

ランペシカは信じられませんでしたが、

「チポロ！」

と、イレシュが森に向かって呼《よ》びました。すると、まるでそれに応《こた》えるように、イレシュが見ている方向から、次々と矢が飛んできました。

「伏《ふ》せて！」

イレシュはランペシカの体を雪の中に押《お》し倒《たお》しました。矢は二人のすぐ上を飛んで、男たちに当たりました。

「うわっ！」

「ぎゃあっ！」

という叫《さけ》び声《ごえ》が聞こえ、体じゅうに矢が刺《さ》さった男たちの姿が、ランペシカの脳裏《のうり》に浮《う》かびました。しかし雪の上に伏せながら、そっと見上げると、男たちはみな手にした小刀や鎌《かま》を弾《はじ》き飛《と》ばされています。

（そんな馬鹿《ばか》な……。森の木に当てないようすきまをぬって、人を傷《きず》つけずに武器《ぶき》だけを射落《いお》とすなんて――父さんだってできない！）

冷たい雪の上で、ランペシカは心臓《しんぞう》がどきどきと動くのを感じました。やがて弓に矢をつがえた一人の若《わか》い男が、木々の間から姿《すがた》を現《あらわ》しました。

「チポロ！」

イレシュにチポロと呼《よ》ばれた若者は、つがえた矢を男たちに向けながら言いました。

「行け。次は体に当てるぞ」

武器を失った男たちは、互《たが》いに顔を見合わせてうなずきあうと、一気に背《せ》を向け、雪の中を転がるように走って逃《に》げてゆきました。それを見たチポロは弓を下ろし、

「大丈夫《だいじょうぶ》か、イレシュ？」

と、聞きました。

「大丈夫よ。ありがとう」

イレシュは起き上がり、ランペシカに手を伸《の》ばしました。そのイレシュの顔を見て、ランペシカは息を呑《の》みました。

（顔が、違《ちが》う……）

イレシュに反感を持ちつつも、とびきりの美人だということは、ランペシカも認《みと》めていまし

た。でもその顔立ちは、陰気《いんき》と言えば言いすぎですが、どこか暗く、さびしげだったのです。しかし今、チポロに笑いかけるその顔は、一片《いっぺん》の陰《かげ》もなく輝《かがや》いていました。ほおは赤く上気し、瞳《ひとみ》も大きくなったように見えます。

（人の顔って、こんなに変わるんだ……）

ヤイレスーホの方を見ると、同じことを考えているのか、じっとイレシュを凝視《ぎょうし》しています。チポロは、そのヤイレスーホに気づいたのか、「あっ！」と指さしながら、イレシュの方を見ました。

「まさか、あいつ……？」

イレシュはうなずきました。驚《おどろ》くチポロに、

「兄さん、とりあえず中へ」

と中からマヒトが言い、三人は小屋の中に入りました。

「とりあえず、お帰りなさい。チポロ」

「ああ……。ただいま」

チポロは弓と荷物をどさりと置きながら、戸の方を見ました。

「あいつ、人間に戻《もど》ってたんだ」

「そうね」

「あんまり変わってなかった。もっと、大人だったと思ってたのに、今は俺《おれ》たちと同じくらいか、少し年下に見える……」

チポロは首をかしげました。

「年の取り方が、俺たちと違《ちが》うのか？」

イレシュはうなずきました。

「人間じゃないもの」


小屋の外に取り残されたランペシカとヤイレスーホは、荒《あ》れた庭の片付《かたづ》けをしていました。男たちの残していった武器《ぶき》を拾い、チポロの射《い》た矢を集め、蹴《け》られ踏《ふ》み荒《あ》らされ、散らばった道具をもとの場所に戻《もど》しました。

「あの人、すごいね」

ランペシカは集めたチポロの矢をととのえながら、ヤイレスーホに言いました。

「父さんより腕《うで》のいい人、初めて見た」

「………」

「ねえ、ヤイレスーホ？」

ヤイレスーホは答えず、ランペシカに言いました。

「おまえ、ここで、しばらく暮《く》らせ。あの女といっしょに」

「はあ？　なに言ってんの？」

「それで気が変わらなかったら……」

「気が変わらなかったら？」

「……考えてやる」

「『力』をくれるの？　あたしを『魔女《まじょ》』にしてくれるんだね」

「昨日と同じ月が出るころ帰ってくる。それまで考えろ」

「うん！」

いくら考えたって自分の決心は変わるもんか、とランペシカは思いました。それでも、ヤイレスーホが簡単《かんたん》に力をくれないなら、ここは言うとおりにしておけばいいのです。月が満ちて欠ける二十九日なんて、あっという間だ、と思いました。その時、

「待てよ」

という声がしました。小屋の前に、湯気の立つ椀《わん》を二つ持ったマヒトが立っていました。

「おまえら、なにを勝手に決めてるんだ。そのやっかい者を、ここに置いていく気か？」

その言葉に、ランペシカは怒《おこ》って言い返しました。

「あたし、自分のことは自分でできる。やっかいになんかならないよ」

「おまえの存在《そんざい》そのものが、やっかいで災《わざわ》いなんだよ！」

マヒトはそう言いつつ、椀《わん》をランペシカとヤイレスーホにさし出しました。

「食え」

「………」

「姉さんとチポロ兄さんが、おまえたちも腹《はら》が減《へ》ってるだろってさ。どんだけお人好《ひとよ》しなんだよ、あの二人は」

おいしそうな汁《しる》の匂《にお》いに、ランペシカのお腹《なか》がぐうっ、と鳴りました。

「ありが…と」

ランペシカは受け取りましたが、ヤイレスーホは「おれはいい」と断《ことわ》りました。

「ああ、人間じゃなかったな」

マヒトはそう言《い》い捨《す》て、椀を一つ持って小屋の中に入りました。

小屋の中では、三人分の食事の用意をしたイレシュが待っていました。

「騒《さわ》がしかったわね」

「ああ。ちょっとね」と言いながら、マヒトは手にした椀の中身を鍋《なべ》に戻《もど》しました。

そして三人で食事をとりながら、

「外の話、聞こえたわ。だいたいのことはわかった」

と、イレシュは言いました。

「ほんとに勝手な連中だよ」

吐《は》き捨《す》てるように、マヒトは言いました。

「仇討《かたきう》ちだかなんだか知らないが、あの子にやらせたいなら、さっさとやらせればいい」

「仇討ち?」

チポロがたずね、マヒトとイレシュは、ランペシカから聞いた身の上を、簡単《かんたん》に説明しました。

「ふうん。そういう子だったのか……」

「まったく、なんでここまでやってきたんだか」

「仇討ちを、させたくないからよ」

「姉さん?」

「マヒトの言うとおり、させたいなら、さっさと力を与《あた》えれば済《す》むことなのよ。でもさせたくない。あの子はあきらめない。だから、ここへ連れてきたんだわ」

イレシュの言葉を聞いて、チポロは首をかしげました。

「あいつが、そんな人間みたいなこと考えるのかな……」

チポロのひとりごとは二人には聞こえず、マヒトはイレシュに言いました。

「だからなんだ。姉さんが、あの子のめんどうを見る義理《ぎり》なんかない」

「…………」

食べ終わったイレシュは黙《だま》って立ち上がり、戸を開けて外へ出ました。

「姉さん！」

マヒトはチポロに言いました。

「止めてくれよ。チポロ兄さん」

「そう言われても、イレシュはこうと決めたら頑固《がんこ》だからなあ」

チポロは鍋《なべ》に残っていた汁《しる》をおかわりしながら言いました。

「なに他人事《ひとごと》みたいに言ってるんだよ！」

マヒトがチポロの腕《うで》をつかんでずるずると外に引《ひ》っ張《ぱ》り出《だ》すと、イレシュがヤイレスーホにこう告げていました。

「この子を預《あず》かるわ」

「助かる」

「あんな『力』に憧《あこが》れるなんて、この子なにもわかってないんだわ。『魔女《まじょ》』になる気なんか、きっと失《う》せるわ。どれだけ苦しむかわかればね」

イレシュはそう言って、ヤイレスーホを見ました。その表情《ひょうじょう》を見たランペシカは、

（この人が、こんな顔するなんて……！）

と、息を呑《の》みました。その顔は、自分を預《あず》かると言ってくれた女神《めがみ》のような慈愛《じあい》は欠《か》けらもなく、冷たい軽蔑《けいべつ》と憎悪《ぞうお》にあふれていたからです。しかしそんな表情を向けられたヤイレスーホは、予想していたのかまったく驚《おどろ》くこともなく、

「頼《たの》む」

と言うなり、巻《ま》き起《お》こった強い風とともに、消えてしまいました。あたりには吹《ふ》き飛《と》ばされた木の葉が散らばり、

「化け物め！」

と、マヒトは吐《は》き捨《す》てるように言いました。

「あの……」

ランペシカはイレシュに言いました。

「おいしかったです。ごちそうさまでした」

雪できれいに洗《あら》った椀《わん》を渡《わた》したランペシカは、

「あとは、することないですか？」

と、聞きましたが、「今日はいいわ」とイレシュは言いました。

「あの人たちが散らかしていったもの、片付《かたづ》けてくれたのね。ありがとう」

ランペシカは、なんとなく決まりが悪くなってうつむきました。ムカルの家では、いくら働いても怒《おこ》られるだけだったのに、こんな小さなことで礼を言われるなんて、と思ったのです。

「入って」

イレシュはランペシカを、家の中に招《まね》き入《い》れました。中では、おかわりを食べ終わったチポロが、

「じゃあ、俺《おれ》も、おばあちゃんのとこに帰るよ」

と、荷物をまとめて言いました。

「気をつけて。おばあさんによろしくね」

「ああ。じゃあな」

チポロはランペシカにも手をふり、ススハム・コタンの自分の家に帰ってゆきました。


その夜、ランペシカが寝《ね》たあと、マヒトはイレシュに言いました。

「姉さん、よくあんな子預《あず》かったね」

「だって、ほっとけないわ」

「また、夢《ゆめ》を見るよ。あのころの夢に、まだときどきうなされてるじゃないか」

「…………」

「チポロ兄さんも心配するよ」

「大丈夫《だいじょうぶ》よ」

「どうして？」

「チポロがいれば、もう悪い夢《ゆめ》は見ないから」

そして三人の奇妙《きみょう》な暮《く》らしが始まりました。

十一、おだやかな日々

イレシュたちの小屋を出て、ススハム・コタンの家に戻《もど》ったチポロは、久《ひさ》しぶりに祖母《そぼ》のチヌと語らい、ゆっくりと我《わ》が家《や》で休みました。

そして翌朝《よくあさ》、外に出ると、遊んでいた子どもたちの一人がチポロを指さして言いました。

「あ、チポロだ」

「チポロ、帰ってきてたんだ!」

「わあい、チポロだ。チポロだ!」

子どもたちはチポロの周りに寄《よ》ってきました。チポロは村の英雄《えいゆう》で、シカマ・カムイの家来《けらい》になると言われているからです。きょうだいのいないチポロも、小さな子どもが大好きなので、抱《だ》き上《あ》げたり肩車《かたぐるま》をしてやったりしていると、

「よっ、人気者」

と、太い声がかかりました。

「おっ、プクサ」

村長の息子《むすこ》で幼《おさな》なじみのプクサに、チポロは手をふりました。

「帰ってたんだな。なんか、いいもんあるか？」

「あるよ。ちょっと待ってくれ」

チポロは自分にまとわりつく子どもたちからいったん離《はな》れ、家の中から大きな鹿《しか》の毛皮を取ってきて見せました。

「おー、あいかわらずいい腕《うで》だな。矢傷《やきず》がどこにあるか、ほんとにわからないぜ」

「ああ。あとこれなんかどうだ？　シカマ・カムイの手伝いをしてる時にもらったんだ」

チポロは虹色《にじいろ》に光る貝を削《けず》って磨《みが》いた首飾《くびかざ》りを取り出しました。日にきらきらと輝《かがや》き、離れていた子どもたちも「見せて見せて」と、寄《よ》ってきました。

「貝か？」

「だろうな。でも、この辺じゃ見たことない。もっと南の方のだな」

「きれいだな……」

「嫁《よめ》さんにやれよ」

「おまえこそ、イレシュにやったらいいじゃないか」

「イレシュは、『なにもいらない』って言うからなあ」

「ま、なにもつけなくても充分《じゅうぶん》だからな、イレシュは。じゃ、ありがたくもらっとくよ」

「うん。ところでプクサ、聞きたいことがあるんだ」

「なんだ。この辺のコタンのことなら、だいたい俺《おれ》の耳に入ってくるぜ？」

「さすがだな。実は昨日のことなんだが――」

幼《おさな》なじみとひとしきり話したあと、チポロは家に戻《もど》り、「イレシュの所に行ってくる」とチヌに告げ、コタンを出ました。


イレシュとマヒトの小屋に着いたチポロは、

「プクサに聞いたよ。村の外れで『北に逃《に》げていく四人組を見た』って人がいた。あいつら、一応《いちおう》ちゃんと帰ったらしい」

と、三人に言いました。

「よかったわね」

イレシュに言われ、ランペシカは素直《すなお》にうなずきました。

「ああ。そういや、なんだっけ、名前――」

チポロはあらためて、ランペシカに聞きました。

「ランペシカ」

「へえ。この辺ではあんまり聞かない、きれいな名前だな」

「――ありがと」

ランペシカは、イレシュやマヒトと話しているチポロを見ていると、なんとなく調子が狂《くる》いました。チポロの弓の腕《うで》は、神業《かみわざ》と言ってもいいほどです。弓を持って、森の中から現《あらわ》れたあの時の顔も、殺気ではないものの、狙《ねら》った獲物《えもの》はぜったいに外さないという気迫《きはく》に満ちていて圧倒《あっとう》されました。

（でも……）

イレシュの作った料理を嬉《うれ》しそうにたいらげ、マヒトと冗談《じょうだん》を言いあう様子は、ノカピラやそこらにいる若者《わかもの》と、なにも変わりありませんでした。

（普通《ふつう》だ……）

背《せ》は高くもなく低くもなく、顔もヤイレスーホのように目を見張《みは》るほどではありません。

（普通の人だ）

ランペシカがじっと見ているので、

「食べるか？」

と、チポロは自分の肉をさし出しました。

「い、いい」

「遠慮《えんりょ》するな。イレシュに聞いたぞ。マヒトにずいぶん働かされてんだろ?」

それはそうだけど……と、ランペシカはちらっとマヒトの方を見ました。イレシュはランペシカに優《やさ》しく接《せっ》してくれましたが、マヒトには「おまえにタダ飯を食わせる義理《ぎり》はない」と言われて、朝からなにかと仕事を言いつけられていたからです。そのマヒトは、「ふん」というように、ランペシカから目をそらしました。

「前にいた所では、もっと働かされてたから……」

「小さいのに苦労してんだなあ」

そう言いながら、チポロはランペシカの椀《わん》に、自分の椀から肉を入れました。

(『いい』って言ってるのに)

と思いつつ、イレシュの作った料理はとてもおいしかったので、ランペシカはその肉をありがたくいただきました。「ごちそうさまでした」と、食べ終わったランペシカは立ち上がり、

「あたし、洗《あら》ってくる」

と、ほかの三人の器《うつわ》を重ねました。

「あとでいいのに」

というイレシュに首をふり、四人分の器を持ってランペシカは外に出ました。ため水で器を洗い終わったランペシカが戻《もど》ってくると、

「仇討《かたきう》ちのことだけどさ」

とイレシュに言いながら、チポロがランペシカの方を見ました。自分がいない間に、ここへ来た理由を話したんだな、とランペシカは思いました。

「そんなの別に、あいつに力を借りなくたってできるじゃないか」

「あいつ？」

と言いかけ、それがヤイレスーホのことだと、ランペシカは悟《さと》りました。この家では、というより、イレシュの前ではその名を出すことを、みな避《さ》けているのです。

（どうしてだろう？）

ランペシカにとって、ヤイレスーホはまだ仇討ちに協力してはくれないものの、一時的にでも追っ手から守ってくれた恩人《おんじん》です。危害《きがい》を加えられたことも、嫌《いや》なことを言われたこともありません。

（怒《おこ》られたのは、一回だけだし……）

なぜ、その名前を口にするのさえ禁《きん》じられるほど、イレシュやマヒトに疎《うと》まれているのか――

ランペシカには、ひどく理不尽《りふじん》に思えました。

「父親を死なせた相手を〈裁《さば》き〉にかけて、罪《つみ》をつぐなわせたいんだろ？」

ランペシカはうなずきました。

「でも、だめだった。〈裁《さば》き〉に関わる人が、ムカル……父さんを殺した奴《やつ》と知り合いで」

うんうん、とチポロはうなずきましたが、

「そんなことがあるの？」

と、イレシュが聞きました。

「あるんだよ、イレシュ。ススハム・コタンみたいに、みんなが知り合いじゃない大きな集落では、〈裁き〉は首長じゃなくて選ばれた長老の仕事なんだ。もちろん公平で冷静な〈裁き〉をしてくれそうな者が選ばれるわけだけど、残念ながら、そうでない者もいる」

ランペシカは、強くうなずきました。

「あいつら二人は、すごく仲がよさそうだった」

「取り引きしてるんだろうな。そのムカルって奴は、自分が負けそうだとか、評判《ひょうばん》を落としそうな〈裁き〉を起こしたい者が来たって知らせてくれたら、金を払《はら》う。そして、金を受け取った奴は、なにかと理由をつけて、〈裁き〉をもみ消すんだ」

「それじゃ、〈裁《さば》きの場《ば》〉がある意味がないわ」

「でも、あちこち歩いてると、よく聞く話なんだよ、イレシュ」

「金を持ってる奴は、どんな罪《つみ》を犯《おか》しても逃《に》げられる。卑怯《ひきょう》だな」

マヒトもさすがにランペシカに同情《どうじょう》したように言いました。

「敵《てき》が卑怯《ひきょう》なら、こっちも卑怯な手を使うか？」

「えっ？」

イレシュとマヒトが、チポロの顔を見ました。

「卑怯な手って……？」

ランペシカは、ごくっと息を呑《の》みました。

（まさか、これで？）

自分の弓矢をじっと見つめるランペシカに、「なに考えてるんだよ」と、チポロは言いました。そしてチポロは、イレシュやマヒトにこう告げました。

「俺《おれ》、シカマ・カムイに助けてもらえないか聞いてみるよ」

「シカマ・カムイ？」

どこかで聞いたような……と思ったランペシカは、はっとしました。

「シカマ・カムイって、あのノカピラの戦《いくさ》の？」

「そうだよ。ノカピラの恩人《おんじん》だ。あの戦いで魔物《まもの》たちを倒《たお》したシカマ・カムイが出てきたら、〈裁きの場〉の人間たちだって話を聞かないわけにはいかないだろ？」

なるほど、とイレシュとマヒトがうなずきました。

「チポロ兄さん、それって別に卑怯な手っていうわけじゃ……」

「まあな。でも神さまに直《じか》に頼《たの》める人間なんて、あんまりいないだろ。俺《おれ》も、なるべくならこの手を使う気はなかったけど……」

苦笑《くしょう》しつつ、チポロはランペシカに言いました。

「魔物《まもの》に力を借りるより百倍ましだ。まずは、そういう手を試《ため》してみるってことで、どうだ、ランペシカ？」

「ど、どうって……」

ランペシカは、チポロの話がにわかには信じられませんでした。今まで、さんざん大人に裏切《うらぎ》られてきたので、そんなふうに正しいことに力を使う大人がいるとは、まして神さまが自分のために動いてくれるなんて信じられなかったのです。だから、魔物のヤイレスーホの方が頼《たよ》りになるはずだと思《おも》い込《こ》んでいたのでした。

「ほんとに……神さまが、あたしのために動いてくれるの？」

「神さまは、いつも弱い者、正しい者のために動いてくれるよ」

チポロはきっぱりと言いました。それでも、ランペシカが迷《まよ》ってうつむいていると、

「信じられないか？」

と、チポロは優《やさ》しく聞きました。

「わかるよ。俺も昔は信じられなかったもんなあ」

「えっ？」

「神さまがいるなんてさ。まして自分のために、なにかしてくれることがあるなんて。でも、わかったんだ。いいことがない時は、別に神さまに嫌《きら》われてたわけじゃなく、たまたま気づかれなかったり、目に留《と》まらなかったりしただけだったんだって。この大地は広くて、いつも神さまは忙《いそが》しいんだ」

その言葉を聞いて、ランペシカは思い出しました。以前、飢《う》えて凍《こご》え死《じ》にしそうだったところを助けてくれたツルの神が言ったことを。

――帰らなかった私《わたし》や、シカマ・カムイはとても忙しい。

――私はずっと、おまえを見ていたのだよ。

――何度も何度も、おまえの上を飛んでいた。だけど、おまえはうつむいて、いつも私に気づかなかったね。

ああ、自分を助けてくれようと思っている神は、いつもいたのだ。自分が気づかなかっただけで………。

「で、忙しい神さまと、ちょっと知り合いの俺《おれ》が頼《たの》んでみようってことなんだけど、どうする？」

「本当に、いいの？」

チポロはうなずきました。その優《やさ》しい笑顔《えがお》に、ランペシカはなぜだか急に泣きそうになり、それを懸命《けんめい》にこらえながら、きっぱりと言いました。

「じゃあ、お願いします。シカマ・カムイに頼《たの》んでください」

「よし。決まった！」

チポロは、すっくと立ち上がりました。

「じゃ、俺《おれ》これからシカマ・カムイの所に行ってくるよ」

「えっ！　これから？」

イレシュもランペシカも驚《おどろ》いて聞きました。

「そうだよ。長旅から帰ったばかりなのに」

マヒトも言いましたが、チポロは首をふりました。

「いや、今から追いかけないと、本当に忙《いそが》しいから遠くに行っちまう」

そう言ってチポロは弓矢と、旅道具が入った小さな袋《ふくろ》を背負《せお》うと、小屋を出ました。イレシュが追いかけて、「気をつけて」と言うと、チポロはうなずき、こう言いました。

「あいつ、オキクルミみたいだ」

「ランペシカが？」

「人間にひどい目にあったから、まだ魔物《まもの》の方が信じられると思ってるんだ。馬鹿《ばか》だよ」

「大丈夫《だいじょうぶ》。ここにいれば落ち着く。『呪《のろ》い』以外の方法があるって気づくさ、きっと」

「……あたしも、あの子がそう思えるように説得してみるわ」

「ありがとう。イレシュ」

そして弓を持ったチポロは、シカマ・カムイたちのあとを追って発《た》ちました。


イレシュが小屋に戻《もど》ると、中で待っていたランペシカは言いました。

「チポロって、いい人だけど、変な人だね」

「どうして?」

「なんていうか……」

「………」

「強いのか、弱いのかわかんない」

イレシュは笑いました。

「強いわよ」

「うん。弓の腕《うで》がすごいのはわかったよ。でも、弓を持ってないと、本当にただの、普通《ふつう》の人だよね」

イレシュはほほ笑《え》みを浮《う》かべたまま、じっとランペシカを見つめました。

「いいでしょ」

「えっ？」

「普通《ふつう》の人で」

イレシュはそう言って、チポロが出ていった戸口の方を見ました。

（ああ。この人はチポロみたいな、普通の人が好きなんだ。ヤイレスーホみたいなすごい魔物《まもの》じゃなくて）

そして、ランペシカは思いました。

（もし、チポロがうまく追いついて、シカマ・カムイに〈裁《さば》き〉のことを頼《たの》めたとしても、あたしはヤイレスーホの願いをかなえてやろう。人間になりたいって願いを――。だって、ここに来られたのは、あの人のおかげだもの）

その夜のことでした。眠《ねむ》りかけたランペシカは、奇妙《きみょう》な声で目を覚ましました。

（なに？）

それはどうやら、自分に背《せ》を向けて眠っているイレシュのうなされている声だとわかりましたが、ランペシカはなんだか恐《おそ》ろしくなりました。それは、いつものイレシュの優《やさ》しい声とは違《ちが》い、低いうなり声だったからです。さらに、暗闇《くらやみ》の中でよく見ると、苦しげに首をふるイレシュの顔には、長い髪《かみ》が乱《みだ》れて汗《あせ》で張《は》りついていました。ランペシカは思い切ってイレシュの肩《かた》に手をかけました。

「イレシュ、大丈夫《だいじょうぶ》？」

しかし、イレシュは目覚めず、さらに首をふって、「来ないで……」「さわらないで……」と、うわごとを言っています。

「イレシュ、イレシュ！」

ランペシカが強く肩をゆすると、やっとイレシュは目を開けましたが、

「気がついた？」

と言うランペシカを見るなり、悲鳴をあげて突《つ》き飛《と》ばしました。思わぬ強い力で押《お》され、柱にごんっと強く頭をぶつけたランペシカは、

「痛《いた》っ！　ひどいよイレシュ」

と、頭をさすりながら言いました。それを聞いたイレシュは、やっと目が覚めたように、

「ラン……ペシカ？」

と、呟《つぶや》きました。

「そうだよ。だれだと思ったの？」

「あの人かと……ごめんなさい」

「ヤイレスーホ？」

イレシュの体が、暗闇《くらやみ》でもわかるくらい、びくっと強張《こわば》りました。

（しまった！　『あの人』って言わなきゃいけなかった……）

部屋の反対側で、離《はな》れて寝《ね》ていたマヒトも起きたのか、「姉さん、どうしたの？」と、心配そうな声が聞こえました。

「なんでもないわ」

イレシュが答え、ランペシカは「ごめんなさい」と謝《あやま》ろうとしましたが、先にイレシュが、

「起こして悪かったわ。お休みなさい」と、背《せ》を向け横になりました。

「……お休みなさい」

ランペシカも横になりましたが、イレシュの苦しそうな顔とうめき声が、頭を離れませんでした。

（この人は、本当にヤイレスーホのことが嫌《きら》いなんだ。ヤイレスーホにされたことが嫌《いや》だったんだ……）

それはもちろん、最初に出会った時からわかってはいましたが、ここまでとは思いませんでした。ランペシカがなりたかった魔女《まじょ》――不思議な力を持ち、弱い者を助け、よこしまな者の手を

凍《こお》らせる——その魔女《まじょ》だった経験《けいけん》が、何年もたった今もまだイレシュを苦しめているのです。ランペシカは自分の手をじっと見つめました。

(人を傷《きず》つけるって、そんなに忘《わす》れられないものなんだろうか?)

市場《いちば》で会ったペネイモ売りのおばさんの話を聞いた限《かぎ》りでは、イレシュが人の手を凍らせたのは、どう考えても相手が悪質《あくしつ》だったからです。

(きっと、あの包帯の男だ)

ランペシカは確信《かくしん》しました。酒焼《さかや》けした顔や、ひねくれた目つき、ヤイレスーホの住みかでの無遠慮《ぶえんりょ》さや、この小屋の前でイレシュを見た時の下品な笑いといい、

(ひどい目にあって当然だ。体全部凍らせてやればよかったんだ)

と、ランペシカは思いました。

(それに、あんな奴《やつ》らは人を傷つけてもなんとも思わない。ヤイレスーホの雪像《せつぞう》を壊《こわ》した時だってそうだった。昔、イレシュにしたことだって、きっと一欠《ひとか》けらも後悔《こうかい》なんかしてない。そうだ。ムカルだって、父さんにしたことを後悔なんてしてない。さらにあたしの石を狙《ねら》ってるんだもの)

ぜったいに許《ゆる》すもんか、とランペシカは肌着《はだぎ》にぬいつけた金剛石《こんごうせき》をにぎりしめました。

(この石はヤイレスーホのために使うんだ。イレシュには許せない相手かもしれないけど、あた

しには恩人《おんじん》なんだから)

けれど、その恩人のせいで傷《きず》つき、何年もたった今でも悪夢《あくむ》にうなされているイレシュが、自分のすぐ背中合《せなかあ》わせにいるのです。

そのことを考えると、ランペシカは、なかなか眠《ねむ》ることができませんでした。

十二、姉と弟

チポロがシカマ・カムイを追って旅立ち、二日が過《す》ぎました。イレシュはススハム・コタンに住む両親の家に、オヒョウの皮を届《とど》けに行くことにしました。

「あなたも行きましょう、ランペシカ。マヒト、いいわよね？」

「別に」

とマヒトが言うので、ランペシカはほっとしました。ノカピラで働かされていたころに比《くら》べたら、はるかに楽だとはいえ、同じような仕事が続くことと、ずっとマヒトに睨《にら》まれていることに、少し息苦しさを感じていたのです。

二人は干《ほ》したオヒョウの皮を籠《かご》に入れ、かついでススハム・コタンに向かいました。ススハム・コタンは、ヤイレスーホと来た時に少し立《た》ち寄《よ》っただけだったので、ゆっくりコタンの中を歩くのは初めてだな、とランペシカは思いました。

まずイレシュは、自分の家に帰りました。それはススハム・コタンの中ではやや大きい方の家で、家の前では何人もの子どもたちが遊んでいました。

「ただいま、シュナ」

「姉さん！」

十歳《さい》くらいの賢《かしこ》そうな男の子が駆《か》けてきました。

「父さん母さん、姉さんが帰ってきたよ！」

と男の子が呼《よ》びかけると、中から初老の男と女が顔を出しました。男の顔がイレシュに、女の顔がマヒトに似《に》ていることから、姉弟《きょうだい》の両親だなとすぐにわかりました。

「お帰り、イレシュ！」

「マヒトは元気か？」

「元気よ」

「おや、そっちの子は？」

イレシュの母が聞きました。

「知り合いから預《あず》かったの」

「かわいい子だね。名前は？」

「ランペシカ」

「ランペシカ、いっしょに遊ぼうよ！」

にっこり笑ってシュナに言われ、「えっ?」とランペシカは戸惑《とまど》いました。同じくらいの年の子に「遊ぼう」なんて誘《さそ》われるのは、あまりに久《ひさ》しぶりだったからです。

「シュナ。今日はチポロの家にも寄《よ》らなきゃならないのよ。また今度ね。次はマヒトといっしょに来るわ」

「えーっ、ほんとに?」

「ほんとよ」

「じゃあ、また来てね。ランペシカ!」

シュナに手をふられ、ランペシカもふり返しました。

自分の家をあとにしたイレシュは、「次はこっちよ」と言って、そこからほど近い、チポロの家に声をかけました。それは小さく古いけれど、よく手入れされた家でした。

「おばあさん、こんにちは」

「おお、イレシュ。元気だったかい?」

二人はとても仲が良く、ランペシカはこの老婆《ろうば》はイレシュの実の祖母《そぼ》か、少なくとも親戚《しんせき》なのかと思ってしまいそうでした。

(チポロの、おばあさんなんだ)

チヌというチポロの祖母は、「なにか困《こま》ったことはない?」と、イレシュに聞かれ、「なにも」

と笑って答えました。

「プクサがなにかと気にかけてくれるよ。昔はやんちゃだったけど、すっかりいい若者《わかもの》になったもんだ」

チヌはランペシカにも「食べなさい」としきりに干《ほ》した貝や魚や、煎《い》った木の実やおいしいものをすすめてくれました。そして、「マヒトにも食べさせておやり」と持たされた、山ほどの野菜や木の実を手にしたランペシカたちが外に出た時には、日は暮《く》れかけ、ちょうど夕餉《ゆうげ》の支度《したく》をするために、たくさんの人が外に出ていました。

「帰りましょう。遅《おそ》くなると、マヒトが心配するわ」

と、イレシュが言いました。

「チポロのお父さんとお母さんは？」

「いないわ。二人ともチポロが小さい時に亡《な》くなって、おばあさん一人に育てられたの」

「そうなんだ……」

そんなことを話しながら歩いてゆくうちに、ランペシカは気づきました。村の人たちが、みなイレシュとすれ違《ちが》っては、ふり返って見てゆくのです。

「ますますきれいになったねえ」

と、親しげに声をかける人たちもいれば、

「隣《となり》のコタンにまで名前が広まってるよ」

「無理もないさ」

と、うなずきあう人たちもおり、男の人たちの中には、ちらちらとふり返ったり、ぼうっと見とれている人もいました。

(そりゃそうだな。あのにぎやかなノカピラだって、こんなにきれいな人はめったにいないもの)

とランペシカは思いましたが、その時こんな声が聞こえました。

「イレシュを見たよ。やだねえ」

ふり返ると、二人の中年の女が、イレシュを見ながらこそこそと話しています。

「魔物《まもの》と三年間も暮《く》らしてたんだって?」

「そんな女を、よくチポロは嫁《よめ》にもらう気になったもんだね」

なんだこいつら……! とランペシカが睨《にら》みつけると、突然《とつぜん》その二人に向かって、干《ほ》したキノコが降《ふ》るように投げつけられました。

「きゃーっ!」

「ウチの孫が『いい』って言うんだからいいんだよ!」

ランペシカは、あっけにとられました。あんなに優《やさ》しかったチヌが、別人のような剣幕《けんまく》で、二人の女たちに籠《かご》から取り出したキノコをぶつけているのです。二人の女たちは髪《かみ》にキノコを生やしながら、走って逃《に》げてゆきました。

「まったく。わかってない奴《やつ》らだね」

まだ怒《おこ》っているチヌに、イレシュとランペシカは落ちたキノコを拾って渡《わた》しました。

「イレシュ。これは渡《わた》し忘《わす》れたお土産《みやげ》だよ。持っていきなさい」

「ありがとう……」

イレシュが苦笑いしていると、

「まったく。ほんと、しょうがねえババアたちだよな」

と言いながら、体格《たいかく》のいい若《わか》い男が声をかけてきました。

「どうせイレシュどころか、どんな女にも相手にされない男どものオフクロだろうよ」

「プクサ」

「イレシュ、気にすんなよ」

「ありがとう。もう、慣《な》れたわ、プクサ」

プクサと呼《よ》ばれた若者は、笑って答えるイレシュに、ランペシカを指さして聞きました。

「そのガキはなんだ?」

「知り合いから預《あず》かったの」

「ふうん。ほんとに、昔からめんどう見がいいよな」

プクサは感心したように言って去っていきました。

(あれが、さっきおばあさんが言ってたプクサか……)

ランペシカは、イレシュに聞きました。

「昔からって……昔も、イレシュはだれか子どものめんどうを見てたの？」

「いいえ」

「だって、あの人が『昔からめんどう見がいいな』って」

「ああ……」

とイレシュは笑い、チヌが言いました。

「それは、ウチのチポロのことだよ。イレシュは昔から優《やさ》しいからね。チポロのめんどうを見てくれてたのさ」

「めんどうを見るなんて。一つしか違《ちが》わないのに……」

チヌは首をふりました。

「いつも見ていてくれたよ。イレシュはずっと、あの子を助けてくれた。だからあの子は、一人前になれたんだ」

「助けられたのは、あたしよ」

「チポロだよ」

チヌはそう言って、イレシュの手を両手でぎゅっとにぎりしめました。

ススハム・コタンからの帰り道、ランペシカはいろいろなことを考えました。

小さいけれど豊《ゆた》かな村の、すぐ近くの家で育ったイレシュとチポロ。だれからもふり向かれるような美貌《びぼう》を持ちながら、一部の人間には陰口《かげぐち》をたたかれるイレシュの過去《かこ》——。

（魔物《まもの》と暮《く》らしてた……魔物って、ヤイレスーホのことだよね？）

ノカピラの市《いち》でペネイモ売りのおばさんから聞いたところでは、イレシュはヤイレスーホかその手下に、「オキクルミの妹の子」と間違《まちが》われて連れてこられたようです。

（それなら、イレシュはこの村からさらわれたかわいそうな子じゃない。なんで、魔物の仲間みたいに言われなきゃならないんだろう？）

しかし、それをイレシュ本人に聞くことはためらわれました。いくらプクサに、「慣《な》れたわ」と答えていても、決して気持ちのいいものではないだろうと思ったからです。

（それに、『慣れた』ってことは、ずいぶん言われてきたんだ。あんな、ひどいことを……）

じっと、自分の横顔を見ながら歩くランペシカに、

「どうしたの？」

と、イレシュは聞きました。

「なんでもない」

「少し休みましょうか?」

「え、いいよ」

疲《つか》れてないのに、とランペシカは思いましたが、イレシュは大きな楡《にれ》の木の下に腰《こし》を下ろしました。前方には、広場のような平らな野原が広がっていました。

「ここでね、昔、シカマ・カムイの家来《けらい》たちと、村の人たちとの力比《ちからくら》べがあったのよ」

「昔って、いつの話?」

「十年前。あたしが十でチポロが九つだったころよ。この村にシカマ・カムイとその家来が来て、プクサの家に泊《と》まっていったの」

イレシュは語りました。村の腕自慢《うでじまん》の大人たちがみな、シカマ・カムイの家来たちに挑戦《ちょうせん》しては敗れたこと。最後にチポロが挑戦しようとした時、みんな笑って馬鹿《ばか》にしたこと。でも、シカマ・カムイとその家来は笑わず、挑《いど》んで敗れたうえに弓の弦《つる》が切れてしまったチポロに、弓をゆずってくれたこと、そしてシカマ・カムイの家来たちが、暴《あば》れる鹿《しか》を鎮《しず》めるために、コタンから一人だけ連れていく者を選んだこと、それがチポロだったこと……。

「あなたは、チポロは弓の腕以外、普通《ふつう》の人だと言うけど、あんな人は、めったにいないのよ」

イレシュは立ち上がり、ランペシカに言いました。

「『呪《のろ》われた人間でもいい』なんて言ってくれる人は、そういないのよ」

「はあ?」

「行きましょう」

ランペシカはイレシュの言うことが、よくわかりませんでした。ただ、なんとなく腹《はら》が立ちました。

(この人……かわいそうだけど、なんかずるい)

イレシュを貶《おとし》めるようなことを言う人々のことを嫌《いや》だと思いながら、自分にも同じようなところがある、とランペシカは気づきました。

(こんなにきれいで、チポロからもヤイレスーホからも、マヒトからも、あのプクサって人からも好かれてるじゃない)

そして、そんなことを考えるのが嫌で、ランペシカはイレシュから離《はな》れ、ずんずんと一人で坂道を歩いてゆきました。イレシュはなにも言わず、ランペシカの背《せ》を見つめながら、自分の速さで歩き続けました。

小屋に戻《もど》ると、マヒトは一人で薬草を採《と》りに森に入ったのか、中にはいませんでした。イレシュとランペシカがチヌにもらったキノコを煮込《にこ》んでいると、一人の中年の男が、「いつもの薬をもらえるか？」と、やってきました。その男には耳と鼻がありませんでした。

（凍傷《とうしょう》だ）

と、ランペシカは思いました。ノカピラの近くでも見たことがあったからです。

その人が帰ったあとで、ランペシカはイレシュに聞きました。

「あの人の鼻と耳……」

「そう。去年の冬に山で迷《まよ》って、夜、一人では帰れなくなったの。運が悪いことに、あまり準《じゅん》備《び》をしていなかったから」

寒いと人間の体の先端《せんたん》は血のめぐりが悪くなり、短い時間ならかゆみや痛《いた》みのあるしもやけで済《す》みますが、長い時間だと血が通わなくなり、肉が腐《くさ》って落ちてしまうのです。

（イレシュは、ああいう人を見るたび、『魔女《まじょ》』の自分のしたことを思い出すのかな）

ランペシカは、イレシュの横顔を見ながら、思いました。

（イレシュがコタンに住んでないのは、口さがない人たちのせいもあるけど、自分でもあまり、たくさんの人に会いたくないのかもしれない……）

ランペシカが自分を見ているのに気づいたのか、イレシュが顔を上げました。

「なに？」

「べ、別に……」

と、言いかけて、ランペシカはあることに気がつきました。

「さっきの人から、お礼もらわなかったね」

薬草は採《と》って干《ほ》したり、煎《せん》じたり煮詰《につ》めたりと、それなりに手間がかかります。それにノカピラのように商人が集まる市《いち》に持っていけば高く売れるのに、とランペシカは思いました。イレシュやマヒトは、あまりに惜《お》しげもなく使ったり、人にあげたりしています。

「お礼は、相手の気持ちよ。ない人からはもらわないわ」

ただでさえけがをしている人や痛《いた》みのある人は、ほかの人より働けないのだから、余裕《よゆう》はないのだ、とイレシュは言いました。

「罪《つみ》ほろぼしなの？」

イレシュはランペシカを見ました。ランペシカは、さすがに怒《おこ》られるかと思いましたが、イレシュはこう言っただけでした。

「いいえ。いつも、あたしは自分のできることをしているだけよ」

「…………」

ランペシカは、その場を離《はな》れました。

（いい人ぶって！）

ランペシカは、イレシュを見ていると、どうしようもなくいらいらしてきました。それはランペシカにとっては恩人《おんじん》であるヤイレスーホをイレシュが忌《い》み嫌《きら》っているから、そして、そのヤイレスーホが、それをわかっていながらイレシュのことを好きだからでした。

つまりはイレシュのせいではなく、ヤイレスーホのせいなのですが、本人がそばにいないので、行き場のない怒《いか》りはイレシュに向かったのです。

（ヤイレスーホも人間になりたいなら、あたしにさっさと力をくれて、石の力を使えばいいのに。なんでわざわざ迷《まよ》わせるために、こんな所に連れてきたんだろう？）

それは結局、自分を口実にしてイレシュに会いたかったからではないかと思うと、ランペシカはさらに腹《はら》が立ってくるのでした。

その夜、ランペシカが寝《ね》たあと、イレシュとマヒトは小屋の外に出ました。

イレシュはコタンで会った家族のことをマヒトに話しました。

「そう。シュナも元気だったか」

「あんたにも、会いたがってたわよ」

イレシュはマヒトに言いました。

「ごめんね。あたしのせいで、あんたまで、こんな所で不便な暮《く》らし……」

「別に、いいよ。おれは、みんなでなにかやるのは好きじゃなかったし」

「…………」

それは半分本当だけれど、半分嘘《うそ》だとイレシュは思いました。

マヒトは幼《おさな》いころから、並外《なみはず》れて賢《かしこ》い子でした。体を使うことはあまり得意ではありませんでしたが、よく飛ぶ矢や魚のかかる釣《つ》り針《ばり》や、よい音の鳴る楽器を工夫《くふう》して作ることができたので、みんながマヒトの作るものを欲《ほ》しがりました。

たくさん実のなる木もキノコの採《と》れる場所も知っているし、年寄《としよ》りの語るユカラ（英雄譚《えいゆうたん》）も一回聞けば覚えてしまうし、みんながマヒトのことを好きでした。大勢《おおぜい》で同じようなことをするのは苦手でも、頭を使うことならだれにも負けない、プクサたち年上の子にも一目《いちもく》おかれているような子どもだったのです。

あのころまでは――。

「姉さん」

「なに？」

「あいつは……ヤイレスーホは、あの子のこと好きなのかな？」

「嫌《きら》いではないでしょうね。嫌いな人間のために動く人じゃないわ」

「じゃあ、あの子がいなくなったら、どんな顔するかな」

「マヒト？」

「おれたちが姉さんを失ったみたいに、あいつがあの子を失ったら、どんな顔するかな」

月明かりに照らされた弟の冷たい横顔に、イレシュはぞくりとしました。

「マヒト……。馬鹿《ばか》なこと考えないでね」

「考えるくらい、いいだろ？　あいつが大切なものを失って苦しむことを、考えるくらい」

「……」

「あいつは、それぐらいひどいことをやったんだ」

「もう許《ゆる》してるわ。あたしも、チポロも」

「姉さんたちは優《やさ》しいからね。いや、違《ちが》う。自分でケリをつけることができたから、満足してるんだ。ちゃんと終わってるんだ。でも、おれは、ずっとあの家にいた」

「……」

「母さんが掃除《そうじ》も炊事《すいじ》も忘《わす》れ、汚《きたな》くて暗くてじめじめした家の中で、シュナと二人、お腹《なか》を空《す》かせながら姉さんを待ってたよ。きっと今日帰ってくる、きっと明日は帰ってくるって、自分に言い聞かせながらね——でも、帰ってくるのは酔《よ》った父さんだけだった」

「マヒト……」

イレシュは、三年ぶりにチポロといっしょにススハム・コタンに帰ってきた時のことを思い出しました。荒《あ》れた自分の家から出てきたのは、赤く酒焼《さかや》けした顔の父、老婆《ろうば》のように髪《かみ》が白くなった母、そしてやせ細り、落ちくぼんだ目で自分を見つめる弟たちでした。

両親はすぐに自分を抱《だ》きしめて再会《さいかい》を喜んでくれましたが、弟たちは二人とも寄《よ》ってきませんでした。幼《おさな》いシュナにいたっては、イレシュを見て、

「この人、だれ？」

と、聞くのです。チポロが笑いながら「姉さんだよ、ほら」と言い、イレシュがしゃがんで手をさし伸《の》べると、恐《おそ》る恐《おそ》る来てくれました。そしてマヒトは、

「どうしたんだ、マヒト。まさかおまえまで、イレシュのことを忘《わす》れたんじゃないだろな？」

とチポロに笑われ、背中《せなか》をたたかれて、やっとひと言絞《しぼ》り出《だ》すように返してくれました。

「お帰り……」

「ただいま」

と言ってイレシュは弟を抱きしめようとしましたが、マヒトはその手をはじくように後退《あとずさ》りしました。

「マヒト？」

マヒトは、じっとイレシュのまとった白アザラシの毛皮を見ていました。

イレシュは、その時初めて、みすぼらしい弟の姿《すがた》と、まるでなに不自由ない暮《く》らしをしてきたような自分の差に気がついたのです。イレシュは急いで毛皮を脱《ぬ》ぎ、それをもう二度と着ることはありませんでした。

(あんな格好《かっこう》をして帰ってくるのではなかった……)

イレシュはひどく後悔《こうかい》しましたが、もうあとの祭りでした。長い旅をして、過酷《かこく》な体験をしてきたといっても、イレシュもチポロも、まだ子どもでした。ただ故郷《こきょう》に早く帰りたい一心で、自分たちの身につけているものが、人にどう見られるかなど考えもしませんでした。ノカピラで、ヤイレスーホがイレシュのために用意した毛皮や靴《くつ》はどれも極上《ごくじょう》のもので、それを目にしたコタンの口さがない人々から、噂《うわさ》はすぐに広まったのです。

「イレシュは魔物《まもの》の男と、いい暮《く》らしをしていたらしい」

と——。

そしてマヒトからは、あの三年の間にさした陰《かげ》は消えませんでした。

賢《かしこ》くて優《やさ》しくて人気者だった少年は、親に放っておかれ、友達から敬遠《けいえん》され、いくら背《せ》が伸《の》びて、再《ふた》びその知恵《ちえ》で周りから頼《たよ》られるようになっても、もう人を寄《よ》せつけることはありませんでした。

自分がノカピラに行く前の家族はもうない。あの明るい弟は、もういないのだ——イレシュはそう思いました。

「大人はいいさ。酒に逃《に》げられる。でも子どもは逃げられない。黙《だま》って待つしかなかったんだ！」

「だから、帰ってきたわ。ちゃんと帰ってきたじゃない」

「遅《おそ》すぎたよ」

「マヒト……」

「なにもなかったことにするには、三年は長すぎる。だから姉さんは、もうコタンにはいられない。そうだろう？」

「…………」

「おれはヤイレスーホを許《ゆる》してないよ。あいつを殺せないなら、あいつの大事な者を殺してやりたいくらいだ」

ランペシカの眠《ねむ》る小屋を見つめるマヒトに、イレシュは言いました。

「……じゃあ、あたしを殺しなさいよ」

「えっ？」

「あの人、まだあたしを好きなんだから」

「冗談《じょうだん》……だよね」

「やってみる?」

十三、再《ふたた》びノカピラへ

シカマ・カムイのあとを追ったチポロが、ランペシカやイレシュたちの所に戻《もど》ってきたのは、それから三日ほどたったころでした。

「お帰りなさい、チポロ」

「どうだった？　シカマ・カムイはなんて？」

「そんなに矢継《やつ》ぎ早《ばや》に聞くなよ。兄さんを休ませてやれ」

と言うマヒトを笑って制《せい》し、チポロはランペシカに言いました。

「喜べ。シカマ・カムイは約束してくれた。『これから四十日の後《のち》に我々《われわれ》も、再びノカピラを訪《おとず》れる。その日に〈裁《さば》き〉が開かれるよう準備《じゅんび》してくれれば、その娘《むすめ》の味方をしよう』ってさ」

「本当に……本当なの？」

「ああ」

「…………」

ランペシカはあまりにうまくいきすぎて、かえって信じられないくらいでした。

「うまくいきすぎてると思ってるだろ?」

「う、うん」ランペシカは正直にうなずきました。

「シカマ・カムイは、おまえの父さんのことを知ってたよ」

「えっ!」

「十年くらい前、ノカピラの近くで弓のレプニと最後まで争った男がいたって覚えてたんだ。レプニと腕《うで》はほぼ互角《ごかく》で、一日で勝負がつかなかったんで『明日《あした》もやろう』ってレプニは言ったんだけど、『いや、自分の腕はわかった。これで満足だ』って、生まれたばっかりの子どもと奥《おく》さんの所に帰ったんだってさ。その子どもが『ランペシカ』って珍《めずら》しい名前だったから、シカマ・カムイもレプニも覚えてたよ」

「…………」

ああ、そんなふうに父さんのことを覚えていてくれる人がいたなんて——ランペシカは胸《むね》が熱くなりました。そのランペシカの肩《かた》を抱《だ》き、イレシュが言いました。

「よかったわね、ランペシカ」

自分のことのように喜んでくれるイレシュに、ランペシカは素直《すなお》に「ありがとう」と、言いました。そしてチポロに、

「あたし、チポロの言う方法で、やってみる」

と言いました。チポロはランペシカを見てうなずき、こう言いました。

「俺《おれ》がシカマ・カムイたちと別れて、ここに戻《もど》るまで二日かかったから、あと三十八日か。子どもの足だとノカピラまで二十日、いや、それに足して五日はかかるな。〈裁《さば》き〉の準備《じゅんび》に三日くらいかかるとみて、十日ほど休んだら出発しよう。いいな、ランペシカ」

「はい!」と答えて、ランペシカは、はっとしました。

「チポロ……」

「うん?」

ランペシカはチポロのそばに寄《よ》り、小声で言いました。

「ヤイレスーホには、どうやって伝えたらいい? また、ここに……来ちゃうかも」

「いや、あいつはたぶんわかるさ。そういう奴《やつ》だから」

そして、チポロは「マヒト」と呼《よ》んで、二人で外に出ました。

「なんだい、チポロ兄さん」

「あいつはまたランペシカに会いに来る。だから、俺がいっしょに旅に出て、ランペシカとイレシュを引《ひ》き離《はな》しておいた方がいい」

「なるほどね。でも、別に兄さんが同行することはないだろ。一人で行かせたらいいじゃないか」

「いや、あんな小さな子を、一人で三十日近くも歩かせるわけにいかないよ」

きっぱりと言うチポロに、マヒトは短くため息をつきました。

「姉さんもチポロ兄さんも、ほんとにお人好《ひとよ》しだよ。あんな奴《やつ》に押《お》しつけられた子どもに、よくそこまで優《やさ》しくできるもんだ」

憎々《にくにく》しげに言うマヒトの肩《かた》を、ぽんと叩《たた》いて、チポロは言いました。

「そうだな。おまえの言うとおりだ。でも俺《おれ》も子どもの時にさんざん、お人好しの大人に助けてもらった。おまえの父さんや母さんにさ。だから、今度は俺が助ける番なんだ」

「…………」

「イレシュのことを頼《たの》む」

マヒトはうなずき、二人は小屋の中に戻《もど》りました。


その日から、ランペシカはマヒトにいくら冷たくされても、きつい仕事を言いつけられても心は軽く、辛《つら》いとは思いませんでした。ちゃんと自分の言葉を聞いて行動してくれる人がいて、願いがかなうかもしれない――それだけで、こんなにも景色が違《ちが》って見えるのかと思いました。

父さんが死んでから、ずっと色がなくなっていた空や草木や木の実の色が、またあざやかな青や緑や赤に戻り、景色が輝《かがや》いて見えるようでした。

チポロは毎日、チヌのいる自分の家で寝起《ねお》きしていましたが、かならずイレシュの所にやってきて、昼か夜の食事をしていました。さらに、ランペシカに弓を教えてくれるようになりました。

「ノカピラに行くまで、二人で獲物《えもの》を捕《と》って稼《かせ》ごう」

と、チポロが言ったからです。もともとランペシカは父さんに少し教わっていたので、

「お、基本《きほん》はできてるんだな。じゃあ、ここをもう少し気をつけて……」

とチポロが少し直すだけで、かなり上達しました。

「おー、うまいぞ。ランペシカ」

とほめられるたびに、ランペシカは嬉《うれ》しくなり、父さんと暮《く》らした日々のことを思い出しました。

「チポロも、父さんに弓を習ったの?」

ある日、森の中のチポロが作った的で練習しながら、ランペシカは聞きました。

「いや、習ってないよ。父さんは、俺《おれ》が小さい時に死んだからな。教えてくれたのは、イレシュの父さんだ」

「そうなんだ……」

そういえば、イレシュと寄《よ》ったチポロの家には、おばあさんしかいなかったことをランペシカは思い出しました。

「チポロ、母さんは？」

「父さんより、もっと前にいなくなったよ」

いなくなった、ということは、やはり死んだのか、とランペシカは思いました。

「あたしと同じだね。だれもいないんだ」

「まあな。おばあちゃんはいるけどな」

「チポロのおばあさんて、すごく強いよね」

「強い？　まあ、年のわりに足腰《あしこし》は強いと思うけど……」

「だって、イレシュの悪口言った人にキノコを投げつけてたよ」

「えっ！」

チポロはびっくりして、ランペシカに話を聞くと、

「おばあちゃん、そんなことしてたのか……」

と、頭を抱《かか》えました。

「だって、あれは言った人が悪いんだよ」

ランペシカは心底そう思いました。

「チポロのおばあさん、いい人だよね。あたしにも、あんなおばあさんがいたら、父さんが死んでも、人の家で働かされることなんかなかったのかな……」

「ランペシカ……」

チポロは自分の教えたことを忠実《ちゅうじつ》に守りながら、矢をつがえるランペシカに言いました。

「いっそ、俺《おれ》たちの家族になるか？」

「えっ？」

びっくりしたランペシカの矢は、的外れな方向に飛んでゆきました。

「俺とイレシュとマヒトと、あの小屋で暮《く》らそう。ことが終わったらさ、もう辛《つら》い思い出がある所にいることもないだろう？」

「そ、そんなの急に言われても……」

慌《あわ》てて落ちた矢を捜《さが》しに走り、戻《もど》ってきたランペシカにチポロは謝《あやま》りました。

「ごめんごめん。そうだよな。生まれ育った所には、それなりに思いもあるだろうしな……」

「…………」

「ま、考えてくれよ」

と、チポロは言いました。

その夜、ランペシカは寝床《ねどこ》の中で考えました。

(ここで、チポロたちといっしょに暮《く》らす……か)

そんなことは、今まで考えたこともありませんでしたが、ノカピラでムカルを裁《さば》いたあとも、自分は生きていかねばならないのです。

(それなら、ここに置いてもらって、チポロに弓を教えてもらうのもいいかな……)

マヒトが少しうっとうしいけど、と思いつつ、ランペシカは目を閉《と》じました。しかし、目を閉じてまもなく、隣《となり》に寝《ね》ているイレシュのうなり声に気づき、ランペシカは飛び起きました。

「イレシュ、大丈夫《だいじょうぶ》だよ。ここはススハム・コタンだよ。マヒトもいるよ」

ランペシカが手をにぎりながら呼《よ》びかけると、イレシュはうっすらと目を開きました。

「ランペシカ……?」

「そうだよ。大丈夫?」

イレシュはうなずき、目を閉じてランペシカの手をぎゅっとにぎり返しました。

それは人の手にすがっているようでもあり、人の手をにぎっても、なにも起きないことを確《たし》かめているようにも見えました。

(……だめだ)

ランペシカは思いました。

(この人たちと、いっしょには暮らせない)

いまだにイレシュを苦しめ、マヒトやチポロたちの心にも影《かげ》を落としている魔物《まもの》のことを、自分は好きなのだ。

（そんな人間が、いっしょにいられるわけがない）

そうランペシカは思いました。

そして、たちまちのうちに十日が過《す》ぎ、明日《あした》は出発だという日となりました。

「準備《じゅんび》もあるし、今日はここまでにしよう」

チポロはいつもより早く練習を切り上げ、弓矢を片付《かたづ》け始《はじ》めました。ランペシカは手伝いながら、前からチポロに確《たし》かめたかったことを聞いてみました。

「あの……」

「ん？」

「イレシュに、『呪《のろ》われた人間でもいい』って言ったの？」

チポロは、「はて？」というように考えたあと、「あ、ああ言ったかな」と、照れたように答えました。

「イレシュから聞いたのか？」

「うん。嬉《うれ》しかった……みたい。そういうこと言ってくれる人は、そういないって言ってた」

「そうか……」

「あーあ、イレシュはいいよね。あんなに美人だから、みんながちやほやしてくれるし、自分からなにもしなくても、だれかが助けてくれるんだもん」

「イレシュはなにもしないわけじゃない。おまえだって、知ってるだろ？」

チポロはさとすように言いました。ランペシカにも、それはもちろんわかっていました。ヤイレスーホにかけられた「呪《のろ》い」。それは砦《とりで》にこもっていれば、だれにも知られずに済《す》んだのです。けれどイレシュは外へ出て、お腹《なか》を空《す》かせた子どもたちのためにその力を使いました。だから、「魔女《まじょ》」だと言われたのです。

「でも……」と、ランペシカはまだ食い下がりました。

「自分で逃《に》げようとはしなかったんでしょ？　なにもしないで、チポロが助けに来てくれるのを待ってたんだ。ずるいよ」

「おまえな……」

ビシッという大きな音がして、ランペシカは身がすくみました。

「イレシュは、好きで逃げなかったわけじゃない」

折れた矢を持ったチポロが言いました。

「じゃあ、なんで？」

「なんでだか、イレシュに聞いてみろ」

「はあ？　ちょ、ちょっと待ってよ、チポロ！」

チポロが行ってしまったので、ランペシカは仕方なく、一人で小屋に戻《もど》りました。イレシュは小屋の前で、むしろに広げた木の皮をより分けていました。

（別に、この人と、話すことなんかないのに……）

そう思うと、足は重くなり、歩みはのろくなりました。すると、一歩一歩踏《ふ》みしめるようにひびくランペシカの足音に気づいたのか、

「あら、今日は早いのね」

と、イレシュが手を止めて顔を上げました。

「今日はもうおしまいだって、チポロが……」

ランペシカの様子がいつもと違《ちが》うことに気づき、イレシュはたずねました。

「なにかあったの？」

ランペシカは、仕方なく自分がチポロに言ったことを話しました。するとイレシュは、「ああ……」と、納得《なっとく》したようにうなずきました。

「そうね。あたしは、自分から逃《に》げようとは、しなかったわね」

「チポロが来てくれるって信じてたから？」

「まさか」

「どうして？」

イレシュはふっと、なにかを懐《なつ》かしむような笑《え》みを浮《う》かべました。

「だって、チポロはあたしよりずっと背《せ》も低くて、やせてて、みんなの中で一番弓も下手だったんだもの。あんなに遠くまで、一人で旅してきてくれるなんて思わないわ」

「ええっ！」

ランペシカは信じられませんでした。そのランペシカの驚《おどろ》く表情《ひょうじょう》に、イレシュは言いました。

「あなたは、今のチポロしか知らないものね」

「うん。あんなふうに強くて、弓がすごく巧《うま》くて……昔からみんなの憧《あこが》れだったのかと思ってた」

「ううん。それどころか、やっと鳥を一羽射《い》ても、みんなから『ほんとにチポロの矢か？』って疑《うたが》われたり、『運がよかったんだ』って言われてたわ」

「そうなんだ……」

「あたしがいなくなってから三年の間に、すごく練習して、自分をきたえて、チポロは変わったのよ」

それは、この人にもう一度会うためだったんだ――と、ランペシカは思いました。

「でも、その三年間、イレシュはなにもしなかったんだよね」

黙《だま》っているイレシュは、言い返せないのだと思い、ランペシカは続けました。

「それは、ヤイレスーホのことが好きだったから？」

「馬鹿《ばか》なこと言わないで！」

ランペシカはどきりとしました。それは、さほど大きな声ではありませんでしたが、抑《おさ》えきれない怒《いか》りと憤《いきどお》りが感じられたからです。

「ご、ごめんなさい……」

ランペシカは、自分が初めてイレシュに会った時のことを思い出しました。

（そうだ。この人はヤイレスーホを見て、気絶《きぜつ》したんだ。好きなわけない……）

イレシュが、低い声で言いました。

「あたしは、ヤイレスーホに『呪《のろ》い』をかけられていたのよ。たとえ逃《に》げて故郷《こきょう》に帰り着いたとしても、家族に触《ふ》れることも、いっしょに暮《く》らすこともできない。人の生活なんてできなかったわ」

「じゃあ、この村以外のどこかで暮らすことは考えなかったの？　とにかく逃げることだけでも試《ため》さなかったの？」

イレシュは首をふりました。

「あのころのヤイレスーホには、手下がたくさんいたわ。ノカピラのいたる所にね。逃《に》げるなんて、無理だったわ。それに……」

「それに？」

「なんでもないわ」

「……」

イレシュはそれ以上、なにも言いませんでした。

十四、旅の道連れ

次の日の朝、イレシュとマヒトに見送られ、ランペシカとチポロはノカピラへと旅立ちました。二人の姿《すがた》が見えなくなると、マヒトはふーっと、大きく息をつきました。

「やっと、やっかい者がいなくなった」

「ご苦労さま。よくがまんしたわね」

イレシュは笑って、マヒトに言いました。

「姉さんもね」

イレシュは首をふり、小屋の中に入りました。

「あの子の心配なんか、することないよ」

追いかけるように小屋に入ったマヒトが言いました。

「あとは、チポロ兄さんにまかせればいい。姉さんは、もうなにも考えなくていいんだ」

「…………」

「なにも考えなくていいんだよ」

「そうね」

イレシュは呟《つぶや》きました。

「そうできればね」


ススハム・コタンを出たランペシカとチポロは、無言で歩き続けました。

昼に短い休憩《きゅうけい》をとっただけで、日が暮《く》れるまで歩き続け、ようやく夜の森の中で、二人は火をたきました。干《ほ》したシシャモを焼き、干し肉と野草を煮込《にこ》んだ汁《しる》を食べ、人心地《ひとごこち》がつきました。

「おまえ、昨日ちゃんとイレシュに聞いたのか？」

「聞いたよ」

ランペシカは言いました。

「でも、全部は教えてくれなかった」

「そうか……」

今度はランペシカが、チポロに聞きました。

「昔は、弓が下手だったって本当？」

「ああ、本当だよ。なんでも、最初からできる奴《やつ》なんかいないよ」

『『チポロが来てくれるって信じてた?』って聞いたら、『まさか』って。嘘《うそ》かと思ったけど、本当なんだ」

「そのとおりさ。それに、イレシュは言わなかっただろうけど」

と、前置きして、チポロは言いました。

「俺《おれ》は、あっさり奴らに負けた」

「奴ら?」

「村を襲《おそ》った魔物《まもの》だよ。向かっていったけど、殴《なぐ》られてぶったおれたんだ。そのままとどめを刺《さ》されるところだったけど、イレシュが石を持って向かっていったから、殺されずに済《す》んだんだ」

「そうなの?」

ランペシカは驚《おどろ》きました。あの、おとなしそうに見えるイレシュが、そんな行動をとったとは思えなかったのです。

「ああ。大人も子どもも、ふだんいばってる奴らもみんな、なにもできなかったのに、イレシュだけは違《ちが》った。おばあちゃんは言ったよ。イレシュが一番、勇敢《ゆうかん》だったって」

「…………」

「そもそも、イレシュが連れていかれたのは、俺のせいなんだ。俺が教えた歌の」

「歌?」

「たまたま知ってた歌さ。魔除《まよ》けの歌だと思って教えたんだ。でも、それが……魔物たちの捜《さが》してる子どもの目印だった。イレシュがそうだと思われて、『こいつだ!』って連れていかれたんだ」

「えっ? じゃあ、イレシュは……!」

「とばっちりのいい迷惑《めいわく》さ。俺《おれ》に関わらなきゃ、三年も家族と離《はな》されることはなかったんだ。マヒトも、あんなふうになることはなかった。昔は、あんな奴《やつ》じゃなかったよ。賢《かしこ》くて優《やさ》しくて大人で、おまえみたいな年下の子に辛《つら》くあたったりしなかった……」

「………」

「でも、イレシュは歌のこと、コタンのだれにも、家族にも言わないんだ。俺のせいだって言っていいのに。俺にも『言わなくていい』って、口止めして……」

重苦しい空気が二人を包みました。

(なんで、あたし昨日、よけいなこと言っちゃったんだろう)

ランペシカは食べたばかりの夕食を吐《は》き出《だ》したいほどの、胃の重さを感じました。

(なんで、チポロもイレシュもいい人なのに、馬鹿《ばか》なこと言っちゃったんだろう……!)

その時、ばさばさと騒々《そうぞう》しい羽音を立てて飛んできた、小さな鳥がいました。鳥の翼《つばさ》から雨の

しずくが飛んでランペシカの顔にかかり、

「わっ!」

と、ランペシカは思わず叫《さけ》びました。しかし、飛《と》び込《こ》んできた鳥は、ひょいひょい、と親しげに、チポロの腕《うで》から肩《かた》へと上っていきます。

「な、なに、その鳥?」

「なにって……」

チポロは、肩にのせたその小さなミソサザイと、顔を見合わせました。

「神さまだよ」

チポロとだれかの声が、同時に言いました。

「えっ?」

「だから、神」

今度は、チポロではない一人の、いえ一羽の声でした。

「鳥がしゃべった!」

ランペシカがびっくりして、後退《あとずさ》りすると、

「鳥じゃないって。神さまだって」

と、チポロがさとすように言いました。

「ええっ！　こんな鳥が神さま？」

ランペシカは信じられませんでした。まだ、ツルのような大きな鳥ならわかります。それに神さまなら神さまらしい口調をしているものだと、なんとなくランペシカは思っていたのです。すると、鳥は、

「こんな……って、失礼だなおまえは」

と言うなり、ひゅんと飛んできて、ランペシカの頭をくちばしでぷすぷすとつつきました。

「痛《いた》い痛い痛い！」

「わはは、昔の俺《おれ》とおんなじことされてる」

チポロが大笑いしました。

「笑ってないで止めてよ！」

懐《なつ》かしそうに眺《なが》めているチポロに、ランペシカは言いました。しかし、チポロが止めるまでもなく、鳥はつつくのをやめ、近くの木の枝《えだ》に飛《と》び移《うつ》りました。

(なんなの、この鳥？)

ランペシカは鳥を凝視《ぎょうし》しましたが、鳥の方もランペシカを見て、チポロに聞きました。

「この子は、おまえのなんなんだ。チポロ？」

チポロは簡単《かんたん》にランペシカのことを説明しました。

「ふーん、仇討《かたきう》ちねえ」

「そうなんだ。で、俺《おれ》がついていくことになったんだ」

「あ、そう。じゃあ、俺もついてってやるか」

「ほんとに？　助かるよ」

チポロは喜びましたが、ランペシカは「なんで？」と思わず呟《つぶや》きました。こんな小さな鳥についてきてもらっても、大した助けにはならないだろうと思ったのです。しかし、そのミソサザイの神と嬉《うれ》しそうに話しているチポロを見ていると、

（まあ……いいか。チポロがいいなら）

と、思えてきました。ランペシカが夕食の後片付《あとかたづ》けをしていると、ミソサザイの神とチポロのこんな会話が聞こえてきました。

「ところでチポロ」

「うん？」

「おまえなら、シカマ・カムイに頼《たの》んで〈裁《さば》き〉にかけて……なんてめんどうなことしなくても、もっと手っ取り早い方法があるだろうに」

「もっと手っ取り早い方法？」

「えっ、そんなのあるの？」

と、思わず口を挟《はさ》んだランペシカに、チポロは首をふりました。

「ないよ、そんなの」

「あるじゃないか。オキ……」

と言いかけたミソサザイの神を、

「わーっ！」

と、叫《さけ》んでチポロが上から手で押《お》さえました。

「なにすんだよっ！」

怒《おこ》って羽根をばたばたさせるミソサザイの神を両手で包み、チポロはランペシカから隠《かく》すように、その場を離《はな》れました。

「ごめんごめん。でも、そのことランペシカには言ってないんだよ」

「言ってないのか？」

「そうだよ。だいたい、あの伯父《おじ》さん苦手だし……まあ、もう縁《えん》が切れたからいいけどさ。天上なんて呼《よ》びかけても届《とど》かないし」

「いや、ヒバリに頼《たの》めばなんとかなるぞ。あいつら、かなり高い所まで飛べるからな」

「いいって！　いきなり人を雷《かみなり》で焼くような親戚《しんせき》、俺《おれ》、嫌《いや》なんだよ」

「そうか。じゃあ、あの娘《むすめ》は、おまえをただの人間だと思ってるんだな？」

「ただの人間だよ、俺《おれ》は」

「あいかわらずだな」

ミソサザイの神は、くっくっくっと笑いました。

「とにかく、俺はその手は使いたくないから。ランペシカには、神でも魔物《まもの》でもなくて、人間を信用してほしいんだ」

「だから、ちゃんとした人間の決まりで裁《さば》きたい――ってわけか」

「そういうこと。いきなり雷《かみなり》で焼いたり、凍《こお》らせたりするのはナシ」

「了解《りょうかい》」

と、ミソサザイの神はうなずきました。

「ところで、離《はな》れてついてきてる奴《やつ》がいるな。あの蛇《へび》だ」

「ヤイレスーホ?」

チポロは立ち上がってあたりを見回しましたが、その姿《すがた》はありませんでした。

「無理だ。人の姿じゃないし、気配は完全に消してる」

「…………」

「仲良くなったのか?」

「いや……」

チポロは正直なところ、あの左右の目の色が違《ちが》う蛇《へび》が、地をはいながら自分たちを追ってきたのかと思うと、薄気味悪《うすきみわる》く感じました。イレシュのように強い恐怖《きょうふ》や嫌悪《けんお》を覚えるわけではありませんでしたが、好きにもなれないし、理解《りかい》もできない相手でした。

「そうか。まあ、仲良くなったなら、いっしょにいるはずだもんな」

「あいつ、ランペシカが心配でついてきたのかな……」

「だとしたら、いい奴《やつ》じゃないか」

「わからないよ」

チポロは首をふりました。

「あいつは、よくわからない」

そうだ、とチポロはミソサザイの神に、いつか聞こうと思っていたことを聞きました。

「ああいう奴って、ほかにもいるの？」

「ああいう奴？」

「人間になりたがってる奴、ほかに知ってる？　蛇とか、獣《けもの》とか……」

「神とか？」

「………」

「たまにいるよ。たまたま一人の人間に助けられて、そのそばに行きたいと思うのもいれば、人間の暮《く》らしそのものに惹《ひ》かれるって場合もある」

「人間の暮らし……か」

「ああ。生き物の中でも、珍《めずら》しいことしてるからな、人間は。やたら物を造《つく》ったり壊《こわ》したり、群《む》れたり争ったり、せわしないしめまぐるしい」

「そういうところが、オキクルミは嫌《いや》だったんだ」

「でも、そういうところが好きな神もいる」

「………」

「おまえも、よく知ってるだろ?」

「そうだな。ま、知ってるっていうか……」

と言いながら、チポロはごろりと横になりました。

「知ってるって……言うのかな。俺《おれ》、全然覚えてないんだけどな」


晴れた日の川原に、おだやかな風が吹《ふ》き、柳《やなぎ》の木が揺《ゆ》れています。

きらきら輝《かがや》く川面《かわも》に、柳の葉が落ちてゆきます。柳の葉は、水に落ちると、細長い銀色の魚になって、泳ぎ回りました。

(母さん……)

チポロが手を伸《の》ばすと、魚たちはきらきらと輝《かがや》いて、指のすきまから逃《に》げてゆきました。

まぶしい朝日が、木々のすきまから射《さ》し込《こ》んできます。チポロが目覚めると、ランペシカが朝ごはんを作っていました。

「おはよう、チポロ」

ランペシカは火をおこして湯をわかし、干《ほ》し鮭《ざけ》と野草を煮込《にこ》んでいました。

「あ、ごめん。寝坊《ねぼう》したな」

「いいよ。あたしだって、これくらいできる」

チポロは礼を言い、いっしょにランペシカの作った朝ごはんを食べました。

「チポロ。なんか、夢《ゆめ》見ながら笑ってたよ」

「そうか」

「イレシュの夢?」

「違《ちが》うよ」

「じゃあ、なに?」

「柳《やなぎ》の木」

「ヤナギ?」

「うん」

なんだそれ、とランペシカは思いました。

ランペシカとチポロとミソサザイの神は、ノカピラに向かって歩きました。ランペシカとチポロだけだと、時にぶつかったり気まずくなったりすることもありますが、ミソサザイの神がなにかと引《ひ》っ掻《か》き回《まわ》してくれるので、二人と一羽はなかなか楽しく旅を続けました。

「ノカピラか。もう二度と、行くことなんかないと思ってたのにな……」

「いやー、俺《おれ》は、もう一回くらいあるかなーと思ってたけどね」

「なんで？」

「なんとなく」

「いいかげんだなあ」

ランペシカは、チポロとミソサザイの神の会話を聞いて言いました。

「なんかチポロ、神さまと話してるとは思えないね」

「だろ？」

と、ミソサザイの神は言いました。

「こういうふうに、神々をうやまう心がなくなってきたから、みんな帰っちゃったんだよ」

「じゃあ、うやまってもらえるようにしたらいいのに」

ランペシカが言うと、ミソサザイの神がその肩《かた》に飛んできました。

「もっと、えらそうにしろってか？」

「うん。すごい力持ってるんだし、いないと困《こま》るんだし……」

「だから、『俺《おれ》すごいだろう？』って？」

「うん」

「馬鹿馬鹿《ばかばか》しい。人間じゃあるまいし！」

ミソサザイの神は、そう言って飛び上がりました。

「あっ、待ってよ」

ランペシカは、ミソサザイの神を追いかけて走りました。

「おい、足もとに気をつけろよ」

と言うチポロの言葉に、「わかってる！」と答え、ランペシカは走りました。

「ミソサザイの神さまー」

「なんだ？」

戻《もど》ってきて、ばさばさとランペシカの肩に止まったミソサザイは言いました。

「ねえ、チポロって初めて会った時、どんなだった？」

「弱虫だったよ」

「いや、そこまでひどくないだろう」

追いついたチポロが言いました。

「まあな。少しはきたえてたからな」

ランペシカは、チポロと弓の訓練をした森のことを思い出しました。

「あそこで、ずっと一人で？」

「一人だよ」

「よく、やめなかったね。途中《とちゅう》で飽《あ》きたりしなかったの？」

「ほかに、することがなかったからな」

「だって、コタンの同じくらいの子たちは、みんな遊んだりしてたでしょ？」

「遊んでも楽しくなかった。あのころは」

「なんで？」

「イレシュがいなかったからさ」

「……………」

「どこへ行ってもイレシュのことを思い出す。だから楽しくなかった」

「じゃあ……もしイレシュの噂《うわさ》が一生耳に入ってこなかったら、どうしてた？」

「たぶん捜《さが》しに行ってたよ。あてもないけど、どこかに手がかりはあるはずだと信じてさ」

「……すごいね」

チポロは首をふりました。

「死んだってわかったなら、まだ、あきらめもついたかもしれない。でも、そうじゃなかったからな。納得《なっとく》できないよ。それに、死んだって納得できないこともあるだろう？」

ランペシカはうなずきました。

「そのことが片付《かたづ》かなきゃ、納得できない。なにも楽しめない。前に進めない。そんなことが起こっちまった人間は、それを片付けるしかないんだよ。どこまでも行って、なんでもやって……」

ミソサザイの神が、つんつん、とチポロの頭をつつきました。

「ようよう。一丁前なこと言うようになったなあ、チポロ」

「うるさいなあ」

一人と一羽のかけあいを見て、ランペシカはなんだかおかしくなりました。

父さんが死んでからは、ひどく悲しく、次はその悲しみを感じる間もないほど辛《つら》く、そして次はいつも怒《いか》りを感じてきました。ムカルに、その家族に、追ってくる男たちに。

そして自分と違《ちが》って、だれからも大事にされているように見えたイレシュにも……。

でも、チポロとミソサザイの神と歩いている今は、そんな怒りも憎《にく》しみも感じませんでした。

もちろん、ムカルの顔を思い出すと、ふつふつと怒《いか》りはわいてきましたが、自分の手で、「呪《のろ》い」で殺してやりたいなどというどす黒いものではなく、その罪《つみ》をちゃんと認《みと》めて反省してほしいと思うのでした。

（そうしたら、あたしは納得《なっとく》して、前に進める。人を信じて、生きていける気がする）

ランペシカは、木々の間に見える空を見上げました。

（父さん……）

十五、再会《さいかい》

　ざわざわとした人の気配が近づいてきました。

「ノカピラだ」と、チポロは呟《つぶや》きました。

「予定どおりに着いたな。シカマ・カムイたちが来るまで三日ある」

「うん」

　ランペシカはうなずきました。

「ああ、ノカピラの匂《にお》いがするなあ」

　ノカピラは海に面した港なのに、海の匂いがあまりしません。その代わりに、たくさんの人の匂いがするのです。人が身にまとう布《ぬの》や染料《せんりょう》、料理に使う薪《たきぎ》や香料《こうりょう》――それらはススハム・コタンのような所にいると、樹木《じゅもく》や草の匂いにまぎれてしまうものですが、ノカピラのような人の多い所では、人と、人が使うものの匂いの方が勝っていました。

「俺《おれ》、こういう匂いあんまり好きじゃないな。早く用を済《す》ませて帰ろう」

と、チポロはランペシカとミソサザイの神に言いました。

「早く済《す》むかどうかはわからんぞ」

「だって、シカマ・カムイの名前があるんだぜ？」

「神に人間がおとなしく従《したが》ってくれるなら、こんなに大地は荒《あ》れちゃいないさ」

「…………」

「とりあえず俺《おれ》は行くよ。シカマ・カムイたちに、おまえたちが着いたことを知らせてくる」

「うん。ありがとう」

ミソサザイの神は、あっという間に飛び立っていきました。

「行っちゃった……」

ランペシカは残念そうに空を見ました。

「いるとうるさいと思うけど、いなくなるとさびしいだろ？」

「……うん」

「そういう神さまなんだよ。大丈夫《だいじょうぶ》、またすぐ会える」

「本当？」

「本当さ」

ランペシカはほっとして、チポロといっしょに歩き出しました。

二人は旅の間に射止《いと》めた獣《けもの》の毛皮を売り、〈裁《さば》き〉に必要な金を作りました。

「ま、これでだいたい足りるだろう」

「足りなかったら？」

ランペシカは心配になりましたが、「その時はこれがある」と、チポロは小さな袋《ふくろ》に入った砂《すな》粒《つぶ》を見せました。

「砂金《さきん》？」

「そう。暴《あば》れた獣を鎮《しず》めたお礼に、もらったんだ。いざという時はこれを使う」

ランペシカは安心しました。そして〈裁《さば》きの場《ば》〉に向かうと、あの時と同じ二人の門番が立っていました。

「あっ、おまえは！」

「あの時の小娘《こむすめ》……」

と、二人は顔を見合わせましたが、チポロがシカマ・カムイの名前を出し、

「その名において、この子の父に関する〈裁き〉を求める。手続きしてくれ」

と言うと、中年の男の方が慌《あわ》てて中に駆《か》け込《こ》んでいきました。残った若《わか》い男は、

「おまえ、すごい人連れてきたなあ」

と、ランペシカに言いました。この男は前に来た時も、そう邪険《じゃけん》ではなかったので、ランペシカ

は「そう？」とだけ言いました。

「その余裕《よゆう》だと、〈裁《さば》き〉に必要な金も用意できたようだな。大丈夫《だいじょうぶ》、おまえは勝てるよ」

「なんでわかるの？」

「ここだけの話だが」

と、男は小声で言いました。

「おまえが訴《うった》えようとしたムカルって男は、港のごろつきどもと組んで、いろいろ悪事をやってるだろ。そんな話は、長《おさ》やノカピラのお偉《えら》いさんの耳にも入ってる。これ以上のさばらせておくとやっかいだ。ここらで捕《つか》まえるいい機会だからさ」

「そうだったんだ……」

自分が一人で訴えようとした時はまったく相手にされなかったのに、チポロとシカマ・カムイの助けがあり、さらにノカピラの有力者が動けば、こんなに簡単《かんたん》にことは進むのかと思うと、ランペシカは複雑《ふくざつ》でした。

「〈裁き〉で罪《つみ》に問われれば、一族郎党《いちぞくろうとう》もうしろ指さされるぜ。いい気味だな」

「…………」

中年の男が戻《もど》ってきて、シカマ・カムイたちの来る日に合わせ、〈裁き〉の日取りが決まったことが告げられました。チポロは〈裁き〉に必要な金を払《はら》い、二人はその場を離《はな》れました。

「間に合ったぞ。っていうか、少し余《あま》った。これでペネイモでも食うか」

「うん……」

二人は市場《いちば》で、ペネイモを焼いている店を探《さが》しました。

「おや、あんた、あの時の……！」

ランペシカにヤイレスーホのことを教えてくれたペネイモ売りの母子《おやこ》が、チポロを見て大喜びするのを、ランペシカはぽかんとして見つめました。

「いやー、立派《りっぱ》になったねえ。元気だったかい？」

「元気だよ。おばさんたちも元気そうだな」

「この子……あんたの知り合いだったのかい？」

「まあね。ちょっと、うちで働いてもらってるのさ」

チポロは焼きたてのペネイモを二つ買い、ランペシカといっしょに食べました。

「どうした？　さっきから、だんまりだな」

チポロはランペシカに聞きました。

「気が抜《ぬ》けたか？」

ランペシカは首をふりました。

「……〈裁《さば》き〉って、みんなが見に来るんだよね」

「ああ。小さな村だったら村じゅうの人間が集まるが、ノカピラじゃもっとすごいだろうな」

「あたし、たぶん勝つよね」

「大丈夫《だいじょうぶ》だ」

「ムカル……、おじさんは仕方ないと思う。父さんにひどいことしたんだし、あたしのもの、みんな盗《と》っていって、しかも嘘《うそ》ついてる。だから謝《あやま》ってほしいし、罪《つみ》をつぐなってほしい。でも、奥《おく》さんや子どもたちは……」

「そこまで憎《にく》くない？」

「おじさんのせいで、変わったんだと思う」

「…………」

「〈裁《さば》き〉の申し立てを、取り消すってできる？」

ペネイモを食べ終わったチポロは、ふーっとため息をつきました。

「せっかく俺《おれ》がシカマ・カムイに頼《たの》んで、こんな長旅までして、大金使ったのに……」

「ごめん！」

「嘘だよ」

チポロは大声で笑い出しました。

「本当に、取り消していいのか？」

「うん。おじさんが謝《あやま》って、反省してくれるなら」

チポロはランペシカの顔を見つめ、「じゃ、行くか」と、立ち上がりました。

「うん」


ランペシカが、かつて自分の住んでいたコタンへと向かう足取りは、軽いとは言えませんでした。見慣《みな》れた景色が近づくほど、ランペシカの心は重く、辛《つら》くなっていったからです。しかし、歩くのをやめようとは思いませんでした。それはたぶん、チポロがすぐうしろを、口笛を吹《ふ》きながら歩いているせいで、とても安心したし心強かったからです。

「チポロ」

「ん?」

「ありがとう。いっしょに来てくれて」

「ここまで来たら、ついでだよ」

「そういう意味じゃないよ」

ランペシカは言いました。

ノカピラからススハム・コタンへ向かう道は、ヤイレスーホといっしょで、ススハム・コタンからノカピラへ戻《もど》った道はチポロといっしょでした。それは、どちらも自分の「味方」をしてくれる人との旅でしたが、大きく違《ちが》ったことがあったのです。

「あたし、ヤイレスーホと歩いてた時は『早く呪《のろ》いをかけてくれ』って、そればっかり考えてた。でも、チポロとミソサザイの神さまとノカピラに向かっている時には、いろんなことを考えたんだ。人のことや、神さまのことや、これから自分がしようとしてることは本当に正しいのかとか……」

「間違《まちが》ってはいないと思うぞ。間違ってたのは、ムカルって奴《やつ》の方だ」

「うん。それは今もそう思う。だから、なにもしないで許《ゆる》すとか、忘《わす》れるなんてことはできない。だけど、なんていうか……あたしは、昔のことだけじゃなく、これからのことも考えたいし、自分のことばっかりでなくほかの人のことも考えたい。そう思うようになった」

ランペシカは立ち止まり、チポロをじっと見ました。

「チポロやイレシュは、いつもお互《たが》いのことを考えてるよね。ヤイレスーホは自分のことしか考えてないんだ」

「でも、おまえのことをススハム・コタンに連れてきてくれた」

「イレシュに会いたかったからだよ」

「…………」

ランペシカは、ヤイレスーホが眠《ねむ》っていた洞窟《どうくつ》のそばにあった、雪像《せつぞう》のことを思い出しました。

（でも、チポロには言わない。言わない方がいい）

二人は再《ふたた》び歩き出し、やがてランペシカの生まれ育ったコタンに着きました。

粗末《そまつ》な家々の中では、抜《ぬ》きんでて大きく頑丈《がんじょう》で立派《りっぱ》な家が見えてきました。家の前では、ムカルの子どもたちが遊んでいました。ムカルの子どもたちは、ランペシカを見ると、驚《おどろ》いて遊ぶのをやめました。

「お父さん、いる？」

「う、うん。いるよ」

子どもたちが家の中に駆《か》け込《こ》み、父を呼《よ》ぶ声が聞こえました。その間、ランペシカは大きく深《しん》呼吸《こきゅう》しました。やがて、家の中からどすどすという足音がして、ムカルが入り口に顔を出しました。

「ランペシカ……」

上ずった声で、ムカルが言いました。

「お久《ひさ》しぶりです」

「どこにいたんだ。この恩知《おんし》らずが！」

頭ごなしに怒鳴《どな》りつけられ、ランペシカはかっと頭に血がのぼりかけましたが、かろうじて自分を抑《おさ》えて言いました。

「どこにいた？　そんなの知ってたでしょ。だって、あたしに追っ手をさし向けたんだから。その人たちからの知らせだって聞いてるはずだよね。ススハム・コタンにいるって」

うっ……と、ムカルが言葉につまり、チポロが一歩進み出て言いました。

「そういうことで、あんたの悪事はみんなこの子から聞いたよ。いや、聞いただけじゃない。俺《おれ》の知り合いも、ちょっと迷惑《めいわく》かけられたんだ」

そう言われて、ムカルはランペシカからチポロに視線《しせん》を移《うつ》しました。

「だれだ、あんたは？」

「ススハム・コタンのチポロだ」

「チポロ？」

「そう。シカマ・カムイの家来《けらい》」

「なに？　シカマ・カムイの……本当か？」

ムカルの顔色が変わりました。

「うん。まあ、その候補《こうほ》だ」

「はあ？」

ムカルは眉根《まゆね》にしわを寄《よ》せ、ランペシカも「えっ？」と呟《つぶや》きました。

「腕《うで》は同じくらいだが、まだ正式にはあいつ、レプニだ。でも、いずれ俺《おれ》がそうなる」

ムカルが笑い出しました。

「ああ、自称《じしょう》『シカマ・カムイの家来《けらい》』か！」

ランペシカは舌打《したう》ちし、小声でチポロに言いました。

「家来って言っとけばいいじゃない」

「シカマ・カムイの名を使って嘘《うそ》なんかつけるか」

「馬鹿正直《ばかしょうじき》なんだから、もうっ！」

ムカルはそんな二人のやりとりが聞こえず、チポロをシカマ・カムイと無関係のくせに、家来だと騙《かた》る者と思ったのか、こう言って笑いました。

「『俺はシカマ・カムイと親しいんだ』なんて言ってる奴《やつ》、このノカピラだけで何人いると思う？」

するとチポロは、「そうだな〜」と思い出すように宙《ちゅう》を見つめ、指を折《お》って数えました。

「ノカピラは知らないが、本物の家来にとっちめられた奴らだけで、十人は下らないな。隠《かく》れてる奴らを数えたら、百人じゃきかないだろうな」

「そのとおりだ。俺は、そんな奴らには騙《だま》されんぞ。さっさと、この娘《むすめ》を置いて帰れ、このホラ吹《ふ》きの若造《わかぞう》が。他人《ひと》の家のことに、首を突《つ》っ込《こ》むんじゃない！」

大きな家が震《ふる》えるくらい、大声でムカルは怒鳴《どな》りつけましたが、チポロはまったく動じませんでした。チポロがなにも言い返さないので、ムカルは「言い返せまい」と満足そうに見下ろしていましたが、その余裕《よゆう》はすぐに打《う》ち砕《くだ》かれました。

「おい、大変だ！ まずいぞ、ムカル！」

と言いながら、一人の太った男が大慌《おおあわ》てで走ってきたのです。

「ルヤンペ？」

「あっ！」

その男の顔に、ランペシカは見覚えがありました。〈裁《さば》きの場《ば》〉で、自分をムカルに引《ひ》き渡《わた》そうとした男です。ルヤンペはランペシカに気づかず、ムカルに向かってまくしたてました。

「おまえ、〈裁きの場〉に引き出されるぞ。しかも相手にはノカピラの救い主、シカマ・カムイがついてる。おまえがやったことも……」

「待てっ！」

ムカルに止められ、その視線《しせん》を追ったルヤンペは、はっとしました。

「お、おまえは……」

「聞きましたよ」

チポロはにやっと笑い、ランペシカもうなずきました。

「ムカルさん？　今まであんたは、相手が子どもだと思って好き放題やりすぎた。もう立場は逆転《ぎゃくてん》したんだ。負けることがわかってる人間には、だれもついてこない。あんたが金や物を渡《わた》して黙《だま》らせた人や、仕事をさせた人も、みんな裏切《うらぎ》るだろうね」

ムカルはみるみる青ざめ、ルヤンペは首をふりました。

「わしはなにもしてないぞ。ただ、『〈裁《さば》きの場《ば》〉に十くらいの女の子が来るようなことがあったら、その子は、嘘《うそ》をつく癖《くせ》があるから話を聞かないでくれ。自分に教えてくれ』って言われたから、そうしただけだ」

「な……っ！」

ランペシカは、そんなことになってたのか、と思いました。

「おまえとわしの関係もこれまでだ。おまえはもう終わりだ、ムカル！」

ルヤンペがそう言って帰ってゆくと、ムカルはがっくりとひざをつきました。騒《さわ》ぎを聞きつけたのか、家の外で遊んでいた子どもたちや奥《おく》さんがやってきて、「お父さん、どうしたの？」「ねえ、どうしたの？」と、取り囲みます。一番小さな子は、わけがわからず泣き出してしまいました。

ムカルとその家族の哀《あわ》れな様子を見ているうちに、ランペシカは、いたたまれなくなり、唇《くちびる》をかみしめました。

「おじさん」

ランペシカは言いました。

「あたし、〈裁《さば》き〉の申し立てを取り下げてもいいです」

「えっ！」

ムカルが顔を上げました。

「ほ、ほんとか？」

「ええ。その代わりに、父さんを返して」

「…………」

「父さんを返してくれないなら、父さんの持っていたもの全部返して。家も物も、名誉《めいよ》も。あの家をもとどおりにして、広場で、みんなの前であたしに謝《あやま》って！」

「…………」

「そうしてくれるなら、あたし〈裁き〉の申し立てを取り下げます」

奥《おく》さんと子どもたちがムカルを見ましたが、ムカルはなにも答えませんでした。

「俺《おれ》たちは、ノカピラの市場《いちば》近くの宿に泊《と》まる。〈裁き〉は三日後だ。それまでに考えてみてくれ」

チポロはそう言って、「行こう」とランペシカをうながしました。

「さよなら、おじさん」

ランペシカはそう言って、チポロといっしょにムカルの家を出ました。

十六、裏切《うらぎ》られた思い

チポロとランペシカがノカピラの宿に泊《と》まって、二日が過《す》ぎました。

「いよいよ明日《あした》だな」

「うん。来ないなら、仕方ない」

ムカルの家族のことを思うと胸《むね》が痛《いた》みましたが、〈裁《さば》きの場《ば》〉で訴《うった》えるしかないのだ、とランペシカは思いました。

「今日の夜までに、シカマ・カムイたちがノカピラの長《おさ》の家に着くはずだ。ちょっと様子を見てくる」

チポロはそう言って宿を出ていきました。一人になった部屋で、ランペシカが「ふーっ」と息をついていると、戸を叩《たた》く音がしました。

「チポロ？」

「あたしよ。ランペシカ」

それは、ユヤンの声でした。ランペシカが戸を開けると、ユヤンは倒《たお》れ込《こ》むように入ってきました。

「どうしたの、ユヤン？」

「父さんが……おかしくなった」

「えっ？」

ユヤンの話では、チポロとランペシカが訪《おとず》れた日から、ムカルは酒をあびるように飲み、怒鳴《どな》り散《ち》らし、泣きわめいては家のものを壊《こわ》し始《はじ》めたというのです。止めようとした奥《おく》さんは殴《なぐ》られ、ユヤンやきょうだいたちは、母親といっしょに近くの祖父母《そふぼ》の所に身を寄《よ》せていました。

「でも、あたし心配になって、家に戻《もど》ってみたの。そしたら、壁《かべ》も柱もぼろぼろで……父さんが斧《おの》で壊してた」

ランペシカはぞっとしました。どうやらムカルは追《お》い詰《つ》められて、自暴自棄《じぼうじき》になっているようです。これは謝《あやま》るどころか、〈裁きの場〉に出ることすらできないのではと思いました。

「父さんが死んだらどうしよう……ねえ、ランペシカ」

「どうしよう……って」

それを自分に相談するのか、とランペシカは思いましたが、ユヤンも混乱《こんらん》しているようです。

「おじさんの友達は？　止めてくれないの？」

ユヤンは首をふりました。

「みんな、ウチには『関わりたくない』って……」

羽振《はぶ》りがよかったムカルの家には、あんなに友達が来ては酒盛《さかも》りをしていたのに……いや、あれは友達でもなんでもなかったのだ、とランペシカは思いました。

「ねえ、ランペシカ。いっしょに来て！」

「あたしが？」

「そうよ、あの人もいっしょに。どこ？」

「チポロなら長《おさ》の家だよ。とりあえず、行こう」

念《ねん》のために弓矢を持って外へ出ると、空はいつのまにか暮《く》れ、月が出ていました。

（あたし、なにしてるんだろう。あんな人、死ぬなら死ぬでいいじゃないか）

しかし、ランペシカはその思いを打ち消しました。

（いや、そんなのダメだ。ちゃんと、『悪かった』って、自分の口で謝《あやま》ってもらわなきゃ。つぐなってもらわなきゃ）

ランペシカがユヤンといっしょに夜道を走っていくと、ムカルの家のある方角が、妙《みょう》に明るくなっていました。

「あれは……火？」

「火事だわ！　父さん！」

燃《も》えさかる家の前に走り着いた二人は、呆然《ぼうぜん》としました。

「父さん！」

ユヤンは地面に座《すわ》り込《こ》み、泣きじゃくりましたが、ランペシカは、

（本当に、死んじゃったの？）

と思いました。あの図々《ずうずう》しいムカルが、あっさりと自分から死んだなどとは信じられなかったのです。そう思ってあたりを見回すと、炎《ほのお》に照らされた雪の中に、光っているものがありました。

ランペシカは飛んでくる火の粉をよけながら、それに近づきました。

（宝石《ほうせき》？）

それは穴《あな》のあいた小さな石でした。おそらく、首飾《くびかざ》りかなにかの一部でしょう。もしや、と思ってランペシカが見ると、まだほかにも落ちています。その宝石を拾っていくうちに、ランペシカは、森の方に続いている足跡《あしあと》を見つけました。

（これは……！）

月の光に照らされた森の中を、息を切らしながら走ってゆく男の丸い背中《せなか》がありました。男が背負《せお》っている袋《ふくろ》の穴からは、ぽろぽろと、ときどき光る石がこぼれ落ちてゆきますが、男は気づ

いていません。

突然《とつぜん》、男の肩《かた》をかすめ、ひゅっと矢が飛び、近くの木に突《つ》き刺《さ》さりました。

「ひっ！」

男はよろけ、雪の中に転がると、その背《せ》から落ちた袋《ふくろ》が裂《さ》け、中に入っていた宝石類《ほうせきるい》が飛び散りました。

「家族にまで、死んだように見せかけて、逃《に》げたかったの？」

「ランペシカ！」

弓を持ったランペシカは、自分を見上げるムカルに言いました。

「どこまで卑怯《ひきょう》なの……なんで、あんたみたいな人と、父さんが友達だったの？」

ふん、とムカルは雪をはらって立ち上がりました。

「あいつは人づきあいが下手だったからな。女房《にょうぼう》が死んだあとは、話し相手もいなかった。俺《おれ》だけが頼《たよ》りだったんだよ」

そう言うなり、ムカルは足もとの雪をつかみ、ランペシカに投げつけ、走り出しました。

「痛《いた》っ！」

雪の中に交じった宝石の粒《つぶ》が当たり、ランペシカは片目《かため》を押《お》さえて叫《さけ》びました。

「待てっ、この卑怯者！」

ランペシカは片目《かため》を押《お》さえたまま追いかけました。森はだんだん山に近づき、足場は平らな地面からでこぼこした斜面《しゃめん》になっていきます。どんどん走りにくくなりましたが、それはムカルも同じです。いや、太っている人間にはことさら不利でした。

「うわっ！」

斜面で転んだムカルを、ランペシカはとうとう追《お》い詰《つ》めました。

「逃《に》げないで」

「……………」

「ちゃんと〈裁きの場〉に出てよ。それが嫌《いや》なら……」

「うるさいぞ、小娘《こむすめ》」

ムカルのものではない声に、ランペシカははっとしてふり返りました。見ると、森の中には、ススハム・コタンまで追ってきた、あの四人の男たちがいました。

「あんたたち……！」

「ムカルは死んだことにしてもらうぜ。おれたちのことを、いろいろしゃべられるとまずいからな」

「そんなこと……させない」

「邪魔《じゃま》なんだよ。シカマ・カムイの家来《けらい》だのなんだの、よけいな奴《やつ》連れてきやがって」

どん、と男はランペシカを突《つ》き飛《と》ばしました。

「ああっ！」

体が傾《かたむ》いたランペシカは、雪の斜面《しゃめん》を転げ落ちました。夜空は回転し、次々と体じゅうに枝《えだ》と雪がぶつかり、むき出しになったほおや手が切れてゆきます。そして谷底の雪の上に、ランペシカの体は、強く打ちつけられました。

「うっ……！」

男たちといっしょに自分を見下ろす雪だらけのムカルの姿《すがた》が、小さくぼんやりと見えました。

「おじさん、助け……て……」

伸《の》ばそうとしましたが、力が入らず手を下ろしたランペシカを、ムカルはじっと見下ろしていました。そして、ランペシカがもう腕《うで》も上がらない、自力ではい上がれないことを確信《かくしん》すると、くるりと背《せ》を向け、男たちと去っていったのです。

雪の上に落ちたため、骨《ほね》こそ折れていないものの、ランペシカは体じゅうが痛《いた》くて起き上がれませんでした。このまま一晩《ひとばん》放っておかれたら、きっと凍《こご》えて死んでしまうでしょう。痛みと悔《くや》しさと怒《いか》りで、ランペシカの目から涙《なみだ》が流れました。

（これで、終わりなんて……！）

この二日間、悩《なや》んでいた自分が馬鹿《ばか》みたいだ、とランペシカは思いました。ムカルの家族に同《どう》情《じょう》し、見せしめのような罰《ばつ》を与《あた》えることは正しいのかと悩《なや》み、ずっと迷《まよ》っていました。

（こんなことなら迷うんじゃなかった。チポロの言うことなんか聞くんじゃなかった。ススハム・コタンなんて行かずに、最初からヤイレスーホに呪《のろ》いをかけてもらって、ひと思いにやればよかった！）

背中《せなか》から、じわじわと体が冷えてゆくランペシカの耳に、かすかに音が聞こえました。するすると雪を滑《すべ》る音は、ランペシカのそばで止まりました。

片膝《かたひざ》をついて、ランペシカをのぞき込《こ》んだのは、青色と黄色の目でした。

「大丈夫《だいじょうぶ》か？」

ヤイレスーホの問いに、ランペシカはかすれた声で答えました。

「……大丈夫に見える？」

ヤイレスーホは首をふりました。

「やっぱり……正しい〈裁《さば》き〉なんか、できなかった」

「……………」

「あたしに……呪いをかけて」

「……………」

「ヤイレスーホ！」

「手を出せ。片手《かたて》だけだ」

ランペシカは残った力をふりしぼり、右手をほんの少しだけ上げました。その手をとり、ヤイレスーホは持っていた腕輪《うでわ》をはめました。白木《しらき》に黒で、鎖《くさり》のような紋様《もんよう》が彫《ほ》ってある腕輪でした。

「！」

その腕輪をはめたとたん、白い部分は溶《と》けるように肌《はだ》になじみ、黒い紋様だけが刺青《いれずみ》のようにランペシカの肌に残りました。

「これで……？」

「ああ。触《ふ》れたものは凍《こお》りつく」

その時、ランペシカの体じゅうの痛《いた》みが、嘘《うそ》のように消えてゆきました。

（なに、これ？）

ランペシカは、そろそろと雪の上に体を起こしました。もう体が自由に動きます。さっきまで痛みにしばられていたのに、今はみなぎってくる万能感《ばんのうかん》に、体が熱くなっていました。ランペシカは立ち上がり、右手を満天の星にかざしました。複雑《ふくざつ》な紋様のからみつくその手は、自分のものであって、自分のものではないようでした。

（ああ、これだ……ずっと、ずっと欲《ほ》しかった『魔女《まじょ》』の力を、やっと手に入れたんだ！）

ランペシカの顔に、こらえきれない笑《え》みが浮《う》かびました。

（これで、もう迷《まよ》うことはない。そのために得た力だ。そのための力だ！）

じっと二色の目で自分を見つめるヤイレスーホに、ランペシカは言いました。

「ありがとう、ヤイレスーホ！」


ムカルと男たちを追いかけ、ランペシカは雪の中を、ずんずんと歩いてゆきました。やがて、丸いムカルの背中《せなか》と、それを取り囲むように歩く四人の男たちが見えてきました。男たちの一人が、ふり返ってランペシカに気づき、立ち止まりました。

「驚《おどろ》いた。くたばらなかったんだな」

「しぶとい小娘《こむすめ》だ」

そんなことを言う男たちに、ランペシカはこう言いました。

「あたしを馬鹿《ばか》にすると後悔《こうかい》するよ」

「はあ？　なに言ってんだ、このガキ」

男たちの一人が、笑ってランペシカに近寄《ちかよ》り襟首《えりくび》をつかみました。ランペシカはその男の手首をぐいっとつかみました。そのとたん、男は襟首を離《はな》し、

「痛《いて》っ！　こいつ、手になにか持ってるぞ！」

と手首を押《お》さえながら言いました。

「なんだって?」

「ひりひりするぞ。焼けた石でも当てられたみたいだ」

馬鹿《ばか》か、とランペシカは鼻で笑いました。

(そんなもの素手《すで》で持ってたら、こっちだってやけどするだろうが)

さらに進もうとするランペシカの腕《うで》を、三人の男たちが取り囲みました。

「手に持ったものを見せてみろ!」

「なにも持ってないって」

薄笑《うすわら》いを浮《う》かべるランペシカの右手をつかみ、広げて見ようとした男は、

「ん……な、なんだ?」

と、自分の手を押さえました。それは、急に冷たい水に浸《つ》けられたかのように、赤くかじかんでいったからです。

「ゆ、指が、動かん!」

「なんだって?」

「た、助けてくれ!」

みるみる赤くはれてゆく指を押さえ、男は転げ回りました。それを薄気味悪《うすきみわる》そうに見る二人の

男たちのうちの一人の手に、ランペシカはすっと触《ふ》れました。

「痛《つう》……っ！」

男はランペシカにさわられた手を押《お》さえて、飛び上がりました。

「な、なんだ……おまえ、何者なんだ？」

「あたし？」

ランペシカは言いました。「あたしは、ノカピラの新しい『魔女《まじょ》』だよ」

「ま、魔女……？」

ひいっと叫《さけ》び、男は手を押さえながら、隣《となり》にいる、手に包帯を巻《ま》いた男の顔を見ました。包帯の男は、ランペシカにつかまれた男の手を見て、ランペシカの紋様《もんよう》の入った手首を見ました。

「ああ……そうだ。こいつは魔女だ！　魔女だ！」

そう叫《さけ》ぶなり包帯の男は走り出し、「待ってくれ！」と、もう一人の男も後を追って逃《に》げてゆきました。

ランペシカは、一人残されたムカルを追《お》い詰《つ》めました。

「た、助けてくれ！」

と言うムカルの手に触れると、ムカルは大きな叫び声をあげました。

「父さんの痛《いた》みがわかった？」

「ああ……わかった！　わかった！　俺《おれ》が悪かった！」

「もう遅《おそ》いんだよ！　そのまま凍《こお》りつけ！」

ランペシカは、ムカルのほおに強く右手を押《お》しつけました。

「ぎゃあああっ！」

その時、ランペシカの手のすぐそばに、矢が飛んできました。矢は右手の親指をかすめ、地面に突《つ》き刺《さ》さっています。

「チポロ？」

ムカルから手を離《はな》し、弓矢を持って近づいてくるチポロに、ランペシカは言いました。

「なんで邪魔《じゃま》するの？」

「なんでじゃないだろ」

チポロは大きなため息をつきました。

「邪魔しないでよ！　あたしにさわるとチポロも凍るよ！」

チポロはその言葉に、ひどく悲しそうな顔をしました。

（ああ……そうか）

イレシュのことを思い出してるんだ、とランペシカは思いました。

「なんで、おまえまで……」

ふりしぼるようなチポロの言葉に、ランペシカは首をふりました。

「あたしはイレシュとは違《ちが》う。自分から、この力を望んで手に入れたんだから後悔《こうかい》なんかしない」

「……馬鹿《ばか》だ」

「なにもわかってないくせに」

「わかってないのはおまえだよ！」

その時、

「あそこだ、あいつが魔女《まじょ》だ！」

というムカルの声がしました。二人がふり向くと、ほおを押《お》さえるムカルの後ろにさっきランペシカが触《ふ》れた男たちと、片手《かたて》に包帯を巻《ま》いた男が立っています。

「あいつら、しつこいな」

チポロは弓矢をかまえましたが、チポロの後方から、さらに四人目の男が近づいたのを、ランペシカは見逃《みのが》しませんでした。

「チポロ、危《あぶ》ない！」

ランペシカはチポロに右手で触れないよう、左手で突《つ》き飛《と》ばしました。チポロのいた場所に、斧《おの》がふり下ろされました。

「チッ」

斧《おの》を持った男は、再《ふたた》びチポロに向かって斧をふり下ろし、チポロはとっさにそれを弓で受け止めました。弓は折れて砕《くだ》け、木の欠《か》けらがあたりに散りました。

「く……っ！」

その時、チポロに気を取られたランペシカは、ひたいにはげしい痛《いた》みを感じました。あの包帯の男が太い木の枝《えだ》をふり回して殴《なぐ》りかかってきたのです。

さらに殴りつけてくる男に、ランペシカは手を伸《の》ばしました。

「凍《こお》りつけ！」

ランペシカが男の包帯を巻《ま》いた手を強くつかむと、その手がぼとりと雪の上に落ちました。

「作り物？」

驚《おどろ》くランペシカの頭に、また太い木の枝がふり下ろされました。

「う……っ！」

雪の中に倒《たお》れたランペシカの腕《うで》を足で押《お》さえつけ、小刀を取り出した男が叫《さけ》びました。

「この魔女《まじょ》め！」

その声とともに、ランペシカの右手首に焼けつくような痛みが走りました。

「あ――――っ！」

はげしい叫《さけ》び声《ごえ》に男が飛びのき、ランペシカは痛《いた》みで雪の中を転げ回りましたが、すぐに体がしびれ、動かなくなってきました。

（そうか……死ぬんだ。こんなに血が出たんだから……）

赤く血に染《そ》まった雪の中に、刺青《いれずみ》のある自分の手首が転がっていました。

（あたしは、仕方ない。人を殺そうとしたんだから……。でも、チポロは巻《ま》き添《ぞ》えだな。なにも悪いことしてないのに、かわいそう……）

斧《おの》がチポロの頭にふり下ろされそうになった時、大きな剣《けん》がそれを吹《ふ》き飛《と》ばしました。

「カムイ！」

チポロが叫《さけ》びました。チポロのそばには、五人の屈強《くっきょう》な男たちが現《あらわ》れ、さらに森の奥《おく》から、一人の男の人が歩いてくるのが見えました。森の奥は、木の枝《えだ》で洞窟《どうくつ》のように暗いはずなのに、その人の周りだけ明るく見えるのです。

ゆうゆうと歩いてきたのは、壮年《そうねん》の男の人でした。決して威圧的《いあってき》な態度《たいど》をとっているわけではないのに、ひれ伏《ふ》したくなるような威厳《いげん》がありました。

「シカマ・カムイ。来てくれたんだ！」

チポロの嬉《うれ》しそうな声に、ランペシカは、ぼんやりと思いました。

（この人が、シカマ・カムイ……）

ランペシカは痛《いた》みで気を失い、チポロに抱《だ》きかかえられたことすら自分ではわかりませんでした。

「大丈夫《だいじょうぶ》か？　しっかりしろよ、ランペシカ！」

シカマ・カムイの家来《けらい》たちが、ムカルや片腕《かたうで》の男たちを捕《と》らえ、しばり上げている中で、チポロはランペシカに言い続けました。

「今、血を止めてやる。死ぬなよ。ぜったい死ぬなよ！」

ランペシカは、自分の切られた右手のひじの上を、チポロがきつくしばっているのがわかりましたが、もう感覚はありませんでした。

「ごめんな、ごめんなランペシカ」

ランペシカは目を閉《と》じたまま、「なんで……チポロが、謝《あやま》るの？」と、寝言《ねごと》のように呟《つぶや》きました。その唇《くちびる》には色がなく、かすかに動くだけでした。

「イレシュに約束したんだ。おまえに、『人を傷《きず》つけさせない』って。なのに！」

「なんで……イレシュが？」

「苦しんでるからだよ。何年も何年も！」

ランペシカは大きく目を見開いて、チポロに言いました。

「馬鹿《ばか》みたい……」

「おい！」

「馬鹿みたいに、いい人だね。チポロも、イレシュも……」

「ランペシカ？」

「みんな、ろくでもない人間ばっかりなのに……」

ランペシカはムカルたちの方を見て、再《ふたた》び目を閉《と》じました。

「おい、しっかりしろ！」

いくら呼《よ》びかけても動かないランペシカを抱《だ》きしめ、チポロは大声で叫《さけ》びました。

「ヤイレスーホ――ッ！」

ざわっと大きな風が吹《ふ》き、ヤイレスーホがチポロの目の前に立っていました。

「この子を、ススハム・コタンに連れていってくれ。イレシュとマヒトの所へ。おまえなら一《いっ》瞬《しゅん》だろ？」

「一瞬ではないが、おまえよりは速いな」

「じゃあ早くしろよ！」

ヤイレスーホはチポロからランペシカを受け取り、抱きかかえると、たちまち竜巻《たつまき》とともに消えてゆきました。

ランペシカは、夢《ゆめ》を見ました。

それは空に住む兄妹《きょうだい》の夢でした。

巨木《きょぼく》のように長身で、険《けわ》しい顔に鋭《するど》い目をした兄と、たおやかではかなげな妹の二人は、平和で美しい国に住んでいました。

けれど妹は、空の上からいつも地上を見ています。なぜか妹は、あくせくと働き、せわしなく動く人間たちのことが、好きで好きでたまらないのです。

——ねえ、兄さん。地上は大変な飢饉《ききん》よ。助けてあげて。

——いいや。もう駄目《だめ》だ。私《わたし》はもう何度も、人間たちを助けた。だが、彼《かれ》らは何度も私を裏《うら》切《ぎ》った。

兄が見捨《みす》てた人間を、妹は助けようとします。

こっそりと地上に降《お》りて、人間たちに食べ物を配ったのです。少しだけ開けた戸から、手をさし入れて……。人々は感謝《かんしゃ》しましたが、よこしまな人間が現《あらわ》れました。

「あれだけ手が美しいなら、顔はどんなに美しいだろう」

そう思った男が、食べ物をさし入れた妹の手をつかみ、家に引き入れようとしました。

それを知った兄は激怒《げきど》しました。黙《だま》って妹を見守っていた兄は、その純粋《じゅんすい》な優《やさ》しさを踏《ふ》みにじった人間が許《ゆる》せませんでした。

――この、汚《けが》らわしい人間が！

兄の怒《いか》りは雷《かみなり》となって、男の家に落ちました。

男の体は火柱となって一瞬《いっしゅん》で燃《も》え上《あ》がり、家も炎《ほのお》に包まれました。男の家族たちは悲鳴をあげて逃《に》げまどい、小さな子どもたちが逃《に》げ遅《おく》れて家の中に残されました。

――ああ、兄さん、なんてこと……！

ノカピラの砦《とりで》に連れてこられた妹は、兄の仕打ちを嘆《なげ》きました。

しかし、地上から聞こえる泣き声がやみ、それに代わって歓《よろこ》びの声があがったのを聞いて妹は、はっとしました。

地上をのぞくと、燃え落ちた家のかたわらで、小さな子らを抱《だ》いて母親が泣いていました。そしてその隣《となり》に、大きく顔と半身が焼けた若《わか》い男が倒《たお》れています。

それは、妹の手をつかんだ男の友人でした。

妹は、兄を捨《す》てて、地上に降《お》りました。その男のもとへ行ったのです。

二人は幸せに暮《く》らしました。かわいい赤《あか》ん坊《ぼう》も生まれました。しかし、幸せは長くは続きませんでした。飢饉《ききん》が起こったのです。

妹の夢《ゆめ》に現《あらわ》れ、兄は言いました。

（早く、戻《もど》ってくるがいい。これから前にもまして醜《みにく》い争いが起こるだろう。おまえの夫のような体の不自由な者に、おまえと子どもが守れるものか。早く、私《わたし》に許《ゆる》しを請《こ》うがいい）

夢からさめた妹は、隣《となり》で眠《ねむ》る男と赤《あか》ん坊《ぼう》の顔を見ました。

そして、二人に別れを告げ、外に出ました。

月夜でした。

村を流れる川に沿《そ》って歩いていった妹は、岸辺に立って空を見上げ、大きく手を広げて体をそらしました。すると妹の細い体は、たちまち一本の木になって、その腕《うで》は、指は、何本もの枝《えだ》になって、細い細い葉が生えてきました。

もうそこには、女神《めがみ》も人間もいませんでした。月の光の下に、一本の大きな柳《やなぎ》の木が立っているだけでした。

翌朝《よくあさ》、赤ん坊の泣く声と、村人たちの騒《さわ》ぐ声で、男は目を覚ましました。いつも、隣にいるはずの妻《つま》の姿《すがた》がありません。泣き続ける赤ん坊を抱《だ》いて外に出ると、村人たちは、川を流れてくる柳の葉のような銀色の魚を見て、口々にこう言っていました。

「ありがたい。ありがたい」

「これで、今年の冬は飢《う》えずに済《す》む」

「天の恵《めぐ》みだ」

男は、予感がしました。恐《おそ》ろしい、悲しい予感でした。

そして、無数の魚が泳いでくる川に沿って上流へと歩き出しました。うしろから、魚を捕《と》る男たちの声と、喜ぶ女たちの声、はしゃいでいる子どもたちの声が聞こえました。

まもなく男は、辿《たど》り着《つ》きました。

岸辺に立つ一本の柳《やなぎ》の木は、朝日をあびて銀色に光っていました。風が吹《ふ》いて、その銀色の葉がぱらぱらと川面《かわも》に落ちるたびに、銀の魚がはねました。それを見て、泣いていた赤《あか》ん坊《ぼう》がきゃっきゃと笑っています。

(ああ……ああ……ああ……!)

男は片手《かたて》に赤ん坊を抱《だ》いたまま、がっくりとひざをつきました。

やはり、愛する者は木になり、魚にその身を変えたのです。草に下ろした赤ん坊は柳の木の幹《みき》にぺたぺたとさわり、風に揺《ゆ》れる枝《えだ》があやすようにそのほおをくすぐっていました。

(いっそ、俺《おれ》も木になりたい。ここで、木になりたい……)

苦しみが、悲しみが、涙《なみだ》となってあふれ出しました。笑い、賑《にぎ》わい、活気を取《と》り戻《もど》していくコタンの中で、男だけが一人取り残されていました。

十七、迷《まよ》い

胸騒《むなさわ》ぎがして夜中に目覚めたイレシュが小屋の外に出たとたん、竜巻《たつまき》のような風が起こりました。そして風がやむと、そこにはヤイレスーホが、血まみれの衣《ころも》にくるまれ、固く目を閉《と》じたランペシカを抱《だ》いて立っていました。

「ランペシカ?」

イレシュはランペシカが死んでいるのかと思いました。それほどひどい顔色だったからです。

しかし、

「ランペシカ!」

と叫《さけ》ぶイレシュの声に、ランペシカの体がぴくっと動きました。

「ああ、よかった……」

そう言いかけたイレシュは、ランペシカのきつくしばられた右腕《みぎうで》からだらんと下がった袖口《そでぐち》を見て、息を呑《の》みました。

「どうして……？」

イレシュはヤイレスーホのほおを強く打ちました。

「……………」

「どうして、この子の手が、こんなことに！」

ヤイレスーホはなにも言いませんでしたが、ランペシカが小さく呟《つぶや》きました。

「ヤイレスーホじゃない……」

「ランペシカ？」

「切り落としたのは、別の奴《やつ》……。呪《のろ》いも、あたしが、頼《たの》んだの……彼《かれ》は、悪くない」

その時、小屋から出てきたマヒトは、ヤイレスーホに抱《だ》かれたランペシカを見て、自分の目を疑《うたが》いました。

「なにがあったんだ？」

「いいから。マヒト、この子を中に。早く手当てを！」

マヒトはうなずき、ヤイレスーホの手からランペシカを抱き上げ、小屋の中に運びました。

外に残ったイレシュは、ヤイレスーホの顔を見つめました。

「悪かったわ」

それだけ言って、イレシュは素早《すばや》く小屋の中に入りました。

「しっかりしろよ。今、血止めを塗《ぬ》って、痛《いた》み止《ど》めを飲ませてやるからな」

マヒトはランペシカに言いながら、「なんで、こんなことに……」と、呟《つぶや》きました。

「人を……殺そうとしたから」

ランペシカは答えました。

「殺したのか？」

思わず聞いたマヒトに、ランペシカは首をふりました。

「チポロが、止めてくれた」

「……………」

「そうじゃなかったら、きっと……手じゃなくて首を切り落とされてたよ。あたし……」

そう言って、ランペシカは目を閉《と》じ、おとなしくマヒトの手当てを受けました。

ふらふらと小屋の外に出たマヒトは、崩《くず》れ落《お》ちるように地面に座《すわ》り込《こ》みました。

「マヒト？」

イレシュが、真っ青な顔を両手でおおっている弟に、声をかけました。

「大丈夫《だいじょうぶ》？」

「大丈夫《だいじょうぶ》だよ。寝《ね》てる」

「あんたも顔色が真っ青よ」

イレシュは、弟のかたわらに座《すわ》りました。

「おれは……行かなかった」

「えっ？」

「姉さんを捜《さが》しに行かなかった」

ああ、とイレシュは首をふりました。

「子どもだったもの……」

「でも、あいつは同じような年で、やりとげたんだ。体の一部を失ってまで」

「そうよ。無茶だったわ。それに……」

イレシュは怒《いか》りをこらえきれないというように、手をきつくにぎりしめました。

「あの子に、力を与《あた》えるなんて！　だから、あんな目にあったのよ」

「でも、おれはうらやましい……」

「マヒト？」

「あいつはきっと、後悔《こうかい》してないよ」

「どうして、そんなことがわかるの？」

「おれが後悔《こうかい》してるからだよ！」

「…………」

「おれだって行きたかった。姉さんを捜《さが》しに、行きたかった。あんな家にいたくなかった。おれだって……！」

「マヒト……」

イレシュは号泣《ごうきゅう》するマヒトの肩《かた》を、小さな子にするように抱《だ》いて言いました。

「あんたがいてくれたから、母さんも父さんも、シュナも無事だったのよ。ありがとう。マヒト」

「姉さん……」

「あの時……七年前に、もっと、ちゃんとほめてやらなきゃいけなかったわね。ずっと同じ場所にいて動かないで、そこにあるものを守ってくれたあんたのことを」

「…………」

「ごめんね」

イレシュの目からも、涙《なみだ》があふれました。

「あたしは、家に帰ってきたことがただ嬉《うれ》しくて、みんなはチポロのことばっかり『すごい』『よくやった』ってほめて、一人で耐《た》えてがまんしてた、あんたのことを忘《わす》れてた——ほんとに、ごめんね」

「姉さん……」

ありがとう、とマヒトは言って、イレシュの肩《かた》を抱《だ》きました。

その姉弟《きょうだい》の姿《すがた》を、気配を消したヤイレスーホは、木々の間からじっと見ていました。


山道を走り続けたチポロは、川のそばで息をつき、川の水で喉《のど》を潤《うるお》しました。そのままススハム・コタンまで一気に走りたいところでしたが、もう、疲《つか》れきった脚《あし》も、はげしく鼓動《こどう》を打つ心《しん》臓《ぞう》も限界《げんかい》でした。二十日はかかるノカピラからススハム・コタンへの道の五分の一を、一日で走ってきたのです。チポロは砂利《じゃり》の上に倒《たお》れ込《こ》みました。

(ランペシカは、助かったのか?)

それだけが心配でした。シカマ・カムイも、「この始末はわたしがする。罪《つみ》を犯《おか》した者たちには相応《そうおう》のつぐないをさせる。おまえは、あの娘《むすめ》の所に行ってやれ」と言ってくれたので、その言葉に甘《あま》えて、チポロは帰路についたのでした。

「あの娘なら、助かったぞ」

ふいに声が聞こえ、チポロは顔を上げました。川原に立つ大きな木の下に、ヤイレスーホが立っていました。

「本当か？」

「ああ。血も止まった。痛《いた》み止《ど》めを飲んで眠《ねむ》っている。あの姉弟《きょうだい》がいれば大丈夫《だいじょうぶ》だろう」

よかった……と息をつきかけて、チポロはヤイレスーホに言いました。

「おまえに、言いたいことがある」

「なんだ。知らせに来た礼か？」

「ふざけるな！　なんでランペシカに、あんな力を与《あた》えたんだ！」

「なんで？」

ヤイレスーホは不思議そうに聞き返しました。

「決まってるだろう。あの娘《むすめ》が望んだからだ」

「あんな力を人間が与えられたらひどいことになるって、イレシュで充分《じゅうぶん》わかってたじゃないか。なんで同じことを繰《く》り返《かえ》したんだ」

「ひどい？　おれが力を与えたおかげで、イレシュは魔物《まもの》に喰《く》われずに済《す》んだ。ランペシカは父親の仇《かたき》に復讐《ふくしゅう》できた。なにが悪いんだ？」

「イレシュは苦しんでる。今もずっとだ。そしてランペシカは……手を失《な》くしたんだぞ。おまえのせいだ！」

「おれが切り落としたわけじゃない」

だろ」

「無責任《むせきにん》だろ、おまえ。人間に、人間を傷《きず》つけられるような力を与《あた》えるのに、その態度《たいど》ってない

「………………」

ヤイレスーホは急に、くっくっ、と笑い出しました。

「なにがおかしいんだ」

「おまえがだよ。人間が、魔物《まもの》に『無責任』だって？」

笑い続けるヤイレスーホの襟首《えりくび》をつかみ、チポロはその体をどん、と木の幹《みき》に押《お》しつけました。

「おまえ、人間になりたいんだろ？」

「………………」

「じゃあ、覚えとけ。人間にはな、責任ってものがあるんだよ！」

「……ほう。人間が自分の子に刀や弓を与える時、火の扱《あつか》い方《かた》や命の喰《くら》い方《かた》を教える時、本当にそんなこと教えているのか？」

「当たり前だ。やっていいことと悪いことを、親子じゃなくたって、大人から子どもへ、人間はちゃんと教えるものなんだ！」

「笑わせるな。ちゃんと教えているなら、むやみに人間同士で争うことも、獣《けもの》たちが捕《と》りつくさ

れることもないはずだ。そして神々が、愛想《あいそ》を尽《つ》かして天に帰ることもないはずだ」

チポロの手から、わずかに力が抜《ぬ》けました。

「人間にもない正しさを、魔物《まもの》に求めるな」

「…………」

「離《はな》せ」

チポロは、ヤイレスーホから手を離しました。

「……聞いていいか？」

「まだあるのか？」

「おまえ、最初からランペシカに力を与《あた》えるつもりだったなら、なんでススハム・コタンにまでやってきた」

「…………」

「イレシュに会いたかったからか？」

「違《ちが》う」

ヤイレスーホは首をふりました。

「おれは、迷《まよ》ってみたかった」

「はあ？」

「神は迷《まよ》わない。魔物《まもの》は迷うほど知恵《ちえ》がない」

「だからどうした？」

「オキクルミは、躊躇《ちゅうちょ》せずに雷《かみなり》を放ち、人を焼く。その妹神もまた、どんなに傷《きず》ついても、人を助けることに迷いはなかった。迷うのは人間だけだ。天と地の間で、おまえもどちらへ行くか迷った」

「……………」

「あの娘《むすめ》も、迷っていた」

「ランペシカ？」

「いや……」

ヤイレスーホは、思い出すように目を閉《と》じました。

『怖《こわ》い』『気持ち悪い』『さわりたくない』……そんな気持ちが伝わってきた。だったら放っておけばいいのに。どうせ姿《すがた》を変えれば、すぐに抜《ぬ》けられるような枯《か》れたツタだった」

「！」

それは蛇《へび》のヤイレスーホを、イレシュが助けた時だとチポロは気がつきました。

「だが、あの娘は手をさし伸《の》べた」

「……そうだよ。イレシュは優《やさ》しいからな。おまえみたいな奴《やつ》にだってさ」

「おまえの父親も迷《まよ》っただろうな」

「……なんでここで父さんのことが出てくるんだ？」

「オキクルミの雷《かみなり》に焼かれて燃《も》える家に、自分のでもない子ども二人……。迷わなかったはずがない」

「ああ、そうだ……」

チポロは、燃《も》えさかる家を前にした、父さんの姿《すがた》を思《おも》い浮《う》かべました。家の中からは、幼《おさな》い子どもたちの泣き声が聞こえます。でも熱い、怖《こわ》い、自分も死ぬかもしれない……そう思ったに違《ちが》いありません。

「迷うのは、どちらか正しい方を選ぶため――そう思っていた。人間は神のように答えがわからないから、考えるんだとな――。でも、違った」

「えっ？」

「正しい方じゃない。結局やりたい方を選ぶんだ、人間は」

ヤイレスーホの周りに、ざわざわと風のうずが起き始めました。

「おい、待てよ！」

チポロは飛《と》び交《か》う木の葉をよけながら、ヤイレスーホに言いました。

「おまえ、なに勝手に語ってんだよ！　おい、ヤイレスーホ！」

はげしい風の音がやみ、目を開けると、そこにはもう、ヤイレスーホの姿はありませんでした。

チポロは砂利《じゃり》の上に座《すわ》り込《こ》みました。

ランペシカが無事だと聞いて、気が抜《ぬ》けてしまったのです。

(ヤイレスーホの言うとおり、人間はいつでも迷《まよ》っている。神さまのように、迷いもなく決めることなんかできない。なにが正しいのか、どうすれば一番いいのか、だれも教えてくれないから……)

いや、違《ちが》うな、とチポロは思いました。

(みんなが教えてくれる。みんなが違うことを言う。だから結局、自分で決めなきゃいけないんだ)

母さんは、そんな人間をどう思ったのだろうか、とチポロは思いました。

早々と人間に見切りをつけたオキクルミに対して、人間を信じ続けた女神《めがみ》は、炎《ほのお》の中に飛び込んで、他人の子を助けた人間を見て――。

「すぐに飛んでいったのかな、母さんは。それとも……迷った?」

考えたチポロは、なんだかふっとおかしくなりました。

「どっちでもいいか」

どのみち結果は同じでした。母さんは、やりたいことを選んだのです。

チポロはそれから十五日かけて、ススハム・コタンに帰り着きました。

「あいつら、ちゃんとノカピラの法で罰《ばつ》を受けることになったよ」

チポロが告げると、

「よかった……」

と、ランペシカは呟《つぶや》きました。

十八、願い

あの日から、マヒトは献身的《けんしんてき》にランペシカの世話をしていました。

「どうして、あたしに優《やさ》しくしてくれるの？」

柱によりかかって座《すわ》れるようになったランペシカは、マヒトに聞きました。

「けが人に優しくするのは、当たり前だ」

「……………」

ランペシカは、マヒトが薬草をつけてくれた自分の腕《うで》を見つめました。

「あたしも、けがをしたけど、人にもけがをさせたよ。当然の報《むく》いだ」

「悪いのはおまえじゃない。ヤイレスーホだ。姉さんもそう言ってた」

「そういうイレシュだって、自分を責《せ》めてたよね？」

「……………」

「たしかに、人を傷《きず》つける力をくれたのはヤイレスーホだけど、使ったのはあたしだ。ましてあたしは、イレシュと違《ちが》って、頼《たの》んで、自分から望んで手に入れた」

「…………」

「同情《どうじょう》される理由なんかないよ」

ランペシカはそう言って、マヒトに背《せ》を向け、ごろんと寝転《ねころ》がりました。


春が来ました。

起きあがれるようになったランペシカは片手《かたて》で鍬《くわ》を持ち、畑を耕《たがや》し、種を植え、草を摘《つ》んで、煮炊《にた》きをしました。

「これは、持てる？」

イレシュが道具を渡《わた》して聞き、

「うん。でも、ちょっと持ちにくいかな？」

と、ランペシカが答えれば、

「じゃあ、ここに取っ手があると便利ね」

と、イレシュがマヒトに伝えました。するとマヒトは、ランペシカが片手だけでも使いやすい道具を工夫《くふう》して作ってくれました。

「ありがとう」

ランペシカは、人に頼《たの》むことと頼《たよ》ることを覚えるようになりました。人は一人ではどうにもならないことがあり、

(それは仕方がないんだ)

と、認《みと》められるようになりました。

世の中のすべてが敵《てき》でもないし、味方でもなく、願いはすべてかなうわけでも、すべて裏切《うらぎ》られるわけでもないとわかったのです。


ある日、ランペシカは、セリをつみながら川をさかのぼってゆくうちに、一本の柳《やなぎ》の木を見つけました。それは初めてススハム・コタンを訪《おとず》れた時に、ヤイレスーホと見た木でした。

「あれ?」

柳の木の下には、見知らぬ男の人が座《すわ》っていました。

「やあ」

と、その男の人は片手《かたて》を上げました。

「……こんにちは」

ランペシカは言いました。男の人の顔半分には、ひどいやけどのあとがありました。

よく見ると、そちら側の衣《ころも》から出ている腕《うで》にも、焼けただれたあとがあり、親指以外の四本の

指がくっついていました。動かしにくそうだなあ、とランペシカは思いましたが、男の人は器用に木を削《けず》っていました。

「なにを作ってるんですか?」

ランペシカは、しゃがみ込《こ》んで聞きました。

「矢だよ」

「押《お》さえましょうか?」

「ああ、すまないね」

「いいえ」

困《こま》っている人は手伝えばいいんだ、とランペシカは思いました。

「見かけない子だね」

それは、あんたもだと思いつつ、ランペシカは答えました。

「ちょっと、遠い所から来たんです」

「わけありだね」

「はい……」

「できたよ」

と言って、男の人は矢をランペシカに渡《わた》しました。

「いいんですか?」

「ああ」

男の人はうなずいて、川面《かわも》を眺《なが》めました。

「この木、きれいな木ですね」

「ありがとう」

「?」

ありがとうって、変な返事だなあ、とランペシカは思いました。

「俺《おれ》も、木になりたいと思ったことがあるよ」

「木に?」

「ああ。この隣《となり》に」

「どうして?」

「ひどく、悲しかったからね」

「ひょっとして……そのやけどをした時ですか?」

初めて会った人に失礼だと思いつつ、自分も同じような傷《きず》を持つ気安さから、ランペシカは聞きました。

「いや、この時じゃない。もっと、悲しくて辛《つら》かった時だ」

全身にそんなやけどをした時より、悲しくて辛《つら》い時なんてあったんだ、とランペシカは思いました。

(この人、苦労してるんだなあ)

ランペシカは、じっと男の人を見ました。よく見ると、優《やさ》しそうで、どこかで会ったことがあるような気がしました。

「ここで、木になりたかった。いっそ、死にたかった。でも、死ななかったけどね」

「………」

「なんとかなるもんだ」


「おーい」

と、ランペシカを呼《よ》ぶ声がしました。

「チポロ」

ランペシカは矢を持って立ち上がりました。

「これ、もらった」

「だれに?」

「そこにいた人。あたし、手伝ったから」

「そうか。よかったな」

川下に向かって、二人はいっしょに歩き出しました。

「その人も、片手《かたて》が不自由だったの」

「へえ。奇遇《きぐう》だな」

「うん。その人は、やけどみたいだった」

「やけど？」

チポロの足が止まりました。

「うん。顔にもひどいあとがあったよ。でも、優《やさ》しそうな人だった……そうだ。チポロにちょっと似《に》てたかも」

「………」

「チポロ？」

急にチポロが柳《やなぎ》の木に向かって走り出し、ランペシカもそのあとを追いました。

「チポロ？」

柳の木の下は、男の人とランペシカと二人が座《すわ》った形に、草が倒《たお》れていました。

「ああ……」

チポロはその草のくぼみを見ながら、柳の幹《みき》に手を当てました。

「父さん……」

「えっ？」

ランペシカは、以前見た夢《ゆめ》を思い出しました。

「あの、赤んぼ……もしかしてチポロ？」

その時、ランペシカはすべてを悟《さと》りました。

ヤイレスーホが捜《さが》していたオキクルミの妹の子ども、その子どもに間違《まちが》えられたイレシュ、イレシュが間違えられる原因《げんいん》になった歌を教えたのはチポロで、つまり――。

（オキクルミの妹の子は、チポロだったんだ！）

あまりに外見も言うこともやることも普通《ふつう》の人間で、その力も生まれつきではなく泥臭《どろくさ》い努力を重ねて身に付けたものだと聞いたので、そんなことは考えもしませんでした。

チポロが本当は、オキクルミとともに神々の国カムイ・ミンタラにいて、人間たちの暮《く》らしを見下ろしていても、おかしくない存在《そんざい》だったなんて――。

呆然《ぼうぜん》としながら、ランペシカは聞きました。

「なんで？」

「？」

「なんでチポロは笑ってられるの？　女神《めがみ》だったお母さんは木になっちゃって、お父さんも死んじゃったのに」

「でも俺《おれ》には、おばあちゃんがいた」

「…………」

「イレシュも、イレシュのお母さんやお父さんや、マヒトたちもいた」

「…………」

「うん。不満に思ったことがないなんて言ったら嘘《うそ》になる。不満だらけだったよ。ガキのころはさ。貧乏《びんぼう》な家も、親がいないことも、なにもできない自分も嫌《いや》だった——。でも、イレシュがいなくなって気づいたんだ。自分がどんなに幸せだったか」

「…………」

「イレシュが、あいつに『神の国へ行こう』って誘《さそ》われて、言ったんだってさ。『その世界にあたしの好きな人はだれもいない。それって一人と同じことだ』って。俺、ずっと一人じゃなかったんだよ。おばあちゃんも、イレシュもいたから」

「……少ない」

「それに父さんも、母さんも、いたんだ」

チポロはそう言って、柳《やなぎ》の木に触《ふ》れました。

「ずっと。いっしょにいたんだよ」

ランペシカはうなずきました。そして、だれもいなかった者のことを考えました。

摘《つ》んできた水辺のセリを渡《わた》すと、

「あら、こんなに。ありがとう。無理しなくていいのよ」

と、イレシュは言いました。いつもの優《やさ》しい笑顔《えがお》を見ながら、ランペシカは言いました。

「ヤイレスーホは、イレシュのこと好きだよ」

イレシュの優しい笑みが、すっと消えました。

「ずっとずっと大好きだよ」

「……知ってるわ」

「知ってたの？　じゃあ、なんであんなに冷たくするの？」

ランペシカには、イレシュの気持ちがわかりませんでした。チポロにもマヒトにも、そして自分にも、イレシュはいつも優しい「女神《めがみ》」のようでした。

「イレシュは、見ず知らずのあたしにだって優しくしてくれたのに、どうしてヤイレスーホには優しくしてあげないの？」

「……嫌《きら》いだから」

「えっ？」

「憎《にく》んでるから。恨《うら》んでるから」

「………」

「本当は、それだけでもまだ足りない。あたしの、あの三年間を返してほしい。元気だった母さんや素直《すなお》だった弟や、コタンの人たちとのつながりも……でも」

「………」

「もう、時は戻《もど》せない。だからあたしは考えないことにしてるの。考えなくて済《す》んでたわ。あなたといっしょに現《あらわ》れるまではね」

「ごめんなさい……」

「あなたのせいじゃない」

「………」

「人をずっと憎んでいるのは辛《つら》い。あなただって、そうだったでしょう?」

ランペシカはうなずきました。

「嫌《いや》なことを思い出しそうになるたび、チポロのことを考えるの。『呪《のろ》われたイレシュでい い』って言ってくれた、『十年でも、百年でも待つ』って言ってくれた、神の国さえ捨《す》ててあたしを選んでくれた――だから、あたしは復讐《ふくしゅう》したいなんて思わない。ひどい目にあってほしいとか、死んでほしいなんて思わないわ」

「そうなの？」

「ええ。関わりたくもない、考えたくもない。だから、ただ消えてくれればいいの、あたしの中から」

「！」

ランペシカは、言葉を失いました。

消えてくれればいい、あたしの中から——。

それはヤイレスーホにとって、なにより残酷《ざんこく》な願いだと思ったからです。

ランペシカは、小屋を出ました。


ランペシカは森に向かって呼《よ》びかけました。

「ヤイレスーホ」

しゅるっという音とともに、ヤイレスーホが目の前に立っていました。

「ヤイレスーホ。約束を守るよ」

「…………」

「人間になりたいんでしょ。ヤイレスーホ」

ランペシカは、石を取り出しました。

「あたしがあんたの願いをかなえてあげる。そして、この石もあげる」

ヤイレスーホは首をふりました。

「いや、気が変わった」

「じゃあ……」

なにを、とランペシカが聞くより先に、ヤイレスーホは言いました。

「記憶《きおく》を消してくれ。おれに関わった人間たちから、おれの記憶を全部だ」

「え……っ！」

ランペシカは首をふりました。

「だめだよ。そんなことしたらイレシュが忘《わす》れ……！」

と言いかけて、ランペシカは、はっとしました。

「そうしたいの？　イレシュを楽にしてあげるために。でも、ヤイレスーホはそれでいいの？」

ヤイレスーホは、うなずきました。

「……わかった。ヤイレスーホがそうしたいなら。でも、あたしは覚えてるからね。あたし以外の人間から記憶を消して」

「おまえも忘れろ」

「なんで？」

「忘《わす》れた方が幸せだ」

ランペシカは、その言葉に、ひどく突《つ》き放《はな》されたような気がして、こう言い返しました。

「へえ。人間の幸せがわかるんだ。蛇《へび》のくせに。魔物《まもの》のくせに！」

ヤイレスーホは、じっとランペシカの顔を見つめました。その顔は怒《おこ》っているようでもあり、悲しんでいるようでもあり、二色の瞳《ひとみ》のように、二つの感情《かんじょう》が揺《ゆ》れているようでもありました。

「……そうだ。多少はわかる」

「…………」

「嫌《いや》な記憶《きおく》はない方がいい」

「わかってないよ。それはイレシュのことでしょ？」

「おまえもだ」

「あたしは違《ちが》う。あたしはイレシュじゃないんだから。あんたのこと好きなんだから。あんたのことを忘れて幸せになるくらいなら、不幸せな方がいいよ。ヤイレスーホ！」

ランペシカは泣きながら左手でヤイレスーホの腕《うで》をつかみ、絶対《ぜったい》に放さないというように、強く右腕をからめました。

「あたしは、忘れないからね」

「勝手にしろ」

ヤイレスーホは、ため息をつくように言うと、少し笑いました。

「ヤイレスーホ……」

ヤイレスーホは、するりとランペシカの手から抜《ぬ》けて、白い蛇《へび》の姿《すがた》になりました。

「あっ！」

そして蛇は、あっという間に草むらの中に消えてゆきました。

「ヤイレスーホ！　ヤイレスーホ！」

ランペシカは草むらの草をかき分け、歩きながら四方に呼《よ》びかけました。あの洞窟《どうくつ》で目覚めた朝のように、「そんなに大声で呼《よ》ばなくても聞こえる」と、ひょいと現《あらわ》れてくれるのではないかとも思いましたが、そんなことはありませんでした。そして……。

（石がない……！）

ずっと身につけていたはずの金剛石《こんごうせき》が消えていました。ランペシカは自分の勘違《かんちが》いかと、足元や体じゅうのあちこちを捜《さが》しましたが、どこにもありませんでした。

ランペシカが呆然《ぼうぜん》としながら立《た》ち尽《つ》くしていると、小屋の戸が開く音がして、イレシュが出てきました。

「ランペシカ。こんな所でなにしてるの？　もう暗くなってきたから、中に入りなさい」

「イレシュ！」

ランペシカの泣きぬれた顔を見て、驚《おどろ》いたイレシュが小走りでやってきました。

「どうしたの？」

「ヤイレスーホが……ヤイレスーホが……」

「ヤイレスーホ？」

イレシュは不思議そうに首をかしげました。

「だれ？」

ランペシカはイレシュの顔を見つめました。

「忘《わす》れ……ちゃったの？」

体じゅうの力が抜《ぬ》け、ランペシカは草の上に座《すわ》り込《こ》みました。

「ランペシカ、どうしたの？　大丈夫《だいじょうぶ》？」

イレシュの大きな声に、小屋の中からマヒトが現《あらわ》れました。

「どうしたんだい、姉さん？」

「ちょっと来て。ランペシカの様子がおかしいのよ」

「ランペシカが？」

マヒトが走ってくる足音がしました。

「どうした、ランペシカ？」

「マヒト……」

ランペシカは顔を上げて、マヒトに聞きました。

「ヤイレスーホを覚えてる？」

「ヤイレスーホ？」

マヒトはイレシュの顔を見ましたが、イレシュも知らないというように首をふりました。

「ごめん。おれも知らないや、その人。知り合いか？」

「………」

「大丈夫《だいじょうぶ》か？」

マヒトがランペシカの肩《かた》に手をかけましたが、ランペシカはその手をそっとはらい、

「大丈夫だよ」

と答え、一人で立ち上がりました。

イレシュもマヒトも忘《わす》れていました。きっと、チポロやノカピラの、ほかの人々も同じだろうと思いました。みんな、みんな、哀《あわ》れな蛇《へび》のことなど忘れてしまったのです。

（願いが、かなったんだね……）

自分の願いはヤイレスーホが魔物《まもの》の力でかなえてくれました。そして、ヤイレスーホの願いは、自分が持っていた石の力でかなえました。もう、取引はすべて終わったのです。

「ランペシカ」

と呼《よ》ばれて顔を上げると、チポロが立っていました。森の方から来たチポロは、今日はウサギを射《い》ていました。

「どうしたんだ？」

「……なにが？」

「なにって……泣いてるから。傷《きず》が痛《いた》むのか？」

痛いのは傷じゃない――ランペシカは首をふりました。そして、一人で森へと歩いてゆくと、イレシュに獲物《えもの》を預《あず》けたチポロが追ってきました。

「おい、待てよ。もう暗いから危《あぶ》ないぞ」

「……うん」

チポロも、イレシュもマヒトも、自分を心配してくれているのはわかっていました。けれど、ヤイレスーホのことをきれいに忘《わす》れた人々と、いっしょに笑いながら食事をとることは、とてもできそうにありませんでした。そんなランペシカに、チポロが言いました。

「ランペシカ。おまえも、あいつみたいに、勝手にどっか行くなよ」

チポロの言葉に、ランペシカはふり向きました。

「チポロ……。今、なんて言った？」

「なんてって、勝手に……」

「違《ちが》う！」

ランペシカはチポロに走《はし》り寄《よ》りました。

「チポロ、ひょっとして覚えてるの？　ヤイレスーホのこと、忘《わす》れてないの？」

「はあ？　まあ、忘れようったって忘れられないだろ。あんな迷惑《めいわく》な奴《やつ》」

ランペシカの中に、嬉《うれ》しさと疑問《ぎもん》がわき上がってきました。

「なんで、なんで？　イレシュもマヒトも、関わった人間はみんな忘れたはずなのに」

「人間……？」

チポロとランペシカは、「あっ！」と、顔を見合わせました。

その時、ばさばさという羽音とともに、ミソサザイの神が二人の前に現《あらわ》れました。

「そうだ。チポロの母親は女神《めがみ》だから、チポロは半分人間じゃない」

「！」

「だから、覚えてるんだ」

嬉《うれ》しくてたまらないという顔をするランペシカに対し、「嘘《うそ》だろ……なんだそれ……」とチポロは頭を抱《かか》えました。そして、

「ちょっと待て、おまえの『関わった人間はみんな忘れたはず』って、なんだ？」

と、ランペシカに聞きました。今度はランペシカが、石の力と契約《けいやく》のことを説明しました。

「じゃあ、イレシュは忘《わす》れたのか、あいつを……」

「うん。きれいに」

「そうか。そりゃ、よかった――」

心底ほっとしたように言うチポロに、ランペシカは再《ふたた》び涙《なみだ》がこみ上げてきました。

「そうだよね……よかった……ね。よかった……んだよね」

「ランペシカ……」

「チポロも、ほんとは忘れたいよね？」

「ああ」

チポロは正直に言いました。

「忘れたいよ」

「…………」

「でも、おまえには優《やさ》しかったんだもんな。あいつ」

ランペシカは強くうなずきました。

「あたしは、イレシュみたいに好かれてなかったけどね」

「そうかな。おまえ、吹《ふ》っ飛《と》ばされなかったろ？」

「えっ？」

「あいつ、嫌《きら》いな奴《やつ》は、みんな吹《ふ》っ飛《と》ばしてたからさ。俺《おれ》もな。でも、イレシュや、おまえは吹っ飛ばさなかった」

「うん」

「だから、きっと好きだったよ」

「…………」

「覚えておくよ。おまえを好きだった男のこと、俺《おれ》がずっと覚えといてやるよ」

「いいの？　だって、チポロにとっては……！」

「嫌《いや》な奴だよ。イレシュにとっても。だから、イレシュのために忘《わす》れる。でも、おまえのために覚えておく」

「ほんとに？」

「ああ」

チポロが笑ってうなずくと、ランペシカは大声で吠《ほ》えるように泣き出しました。

「よしよし」

とチポロはランペシカの肩《かた》を抱《だ》き、頭をなでてやりました。

そうして、しばらく二人は立っていましたが、日はすっかり暮《く》れて、星がまたたき、風も冷たくなってきたので、チポロが言いました。

「家に帰ろう、ランペシカ」

ランペシカはうなずきました。そして二人は、暖《あたた》かな火と優《やさ》しい人々と、くつくつと煮《に》える鍋《なべ》の待っている家に帰りました。


ランペシカを先に小屋の中に入れたチポロの肩《かた》に、ミソサザイの神が飛んできました。

「いいこと言うようになったなあ、チポロ」

肩にとまって、つんつんと頭をつつくミソサザイの神に、

「うるさいなあ。それより神さま、聞きたいことがあるんだけどさ」

と、チポロは戸を閉《し》めながら、中に聞こえないよう小声で言いました。

「俺《おれ》って、ほかにもなんか人間と違《ちが》う所あるのかな。年取るのが遅《おそ》いとか……」

「うん？」

「イレシュやみんなが年取って死んでくのに、俺だけ一人で残るなんて嫌《いや》だよ」

一人は嫌だ――チポロは、しみじみとそう思いました。

「大丈夫《だいじょうぶ》だろ。今のところ」

ミソサザイの神は言いました。

「ほんとに？」

「いや、たぶんな」

「いいかげんだなあ」

「おまえみたいな奴《やつ》、そんなにいないんだよ。しかし、そんなに半分神ってのが嫌《いや》なのか？」

「嫌っていうか……どっちでもいいんだ。神とか、人間とか。俺《おれ》、なにになりたいかっていったら、昔の俺とかランペシカみたいな子どもを、ちゃんと助けてやれる大人になりたい。それだけなんだ」

小屋の中から、チポロを呼《よ》ぶイレシュの声がしました。「今行くよ」と答えるチポロに、ミソサザイの神は言いました。

「もう、なってるだろ。チポロ」

ミソサザイの神は、夕暮《ゆうぐ》れの空に飛び立ちました。


それからひと月が、たちました。

ランペシカは、片手《かたて》での生活にもすっかり慣《な》れてきました。弓を射《い》ることはできなくなりましたが、器用に罠《わな》を作り、たくさんの獲物《えもの》を捕《と》ることができました。

ある日、ランペシカは川辺にしかけた罠に、一羽のツルがかかっているのを見つけました。

「ツルだ……」

ランペシカは、ノカピラの岬《みさき》で、空腹《くうふく》から救ってくれたツルの神のことを思い出しました。

(ありがとうございます。ツルの神さま……サロルン・カムイ)

ランペシカは心の中で礼を言い、そのツルをぎゅっと絞《し》めて持ち帰りました。

そして、ランペシカがツルの神にお礼の供物《くもつ》と祈《いの》りをささげていると、目を閉《と》じたツルの体から、ふわりと白いものが浮《う》かび上《あ》がりました。

――久《ひさ》しぶりだね、ランペシカ。

「ツルの神さま……！」

ランペシカは驚《おどろ》きましたが、どこかで、そうではないかと、そうだったらいいなと思っていました。

「また会えて、嬉《うれ》しいです」

――私《わたし》もだよ、ランペシカ。

あれから、いろんなことがあった、とランペシカは思いました。

あの時、ツルの神さまにもらった肉を食べて元気になり、勇気づけられ、〈裁《さば》きの場《ば》〉に向かいましたが、うまくいかずにムカルの雇《やと》った追っ手に追いかけられ、ヤイレスーホに助けられ、そしてここへ来たのです。

――手を失ったんだね、ランペシカ。

「はい。ちょっと不便です」

――でも、こうして私《わたし》を捕《つか》まえた。

ツルの神は、ほほえみました。ランペシカも、ほほえみ返そうとしましたが、うまく笑えませんでした。

ツルの神に出会わなければ、ヤイレスーホに会うこともなく、そうすれば〈呪《のろ》い〉による力を手に入れて、右手を失うこともなかったのです。

「…………」

そんなランペシカの考えを見抜《みぬ》いたように、ツルの神は言いました。

――私に会わなければよかったと思うかい？

「わかりません。なにが正しかったのか、どうすればよかったのか……あの時は、ああするしかなかったと思うし……」

ツルの神はうなずきました。

――そのとおりだよ。おまえは、よくやったよ。たいていの者は、悲しみと憎《にく》しみに囚《とら》われて動けなくなる。だが、おまえは自分で立ち上がった。理不尽《りふじん》を訴《うった》え、味方を探《さが》し、捕まえた相手に謝《あやま》る機会を与《あた》えた。これは大事なことだ。

「…………」

——今、おまえの周りには、おまえを理解《りかい》し、親しくしてくれる者がたくさんいる。それはすべて、おまえが自分で得たものだ。

「ありがとうございます。ツルの神さま」

——私《わたし》はもう行くよ。しっかり食べて、体を作るがいい。

「待ってください！」

——いや、残念だが、それはできない。

「ああ……忙《いそが》しいんですよね」

ランペシカは、あきらめました。ツルの神は、行かなければならないのです。今の自分よりもっと弱い、もっと辛《つら》い子どものところへ。

「じゃあ、最後にこれだけは……。あたしを見つけてくれて、ありがとうございます」

——おまえが私を見つけたのだよ。

「あたしが？」

——おまえが空を見上げなかったら……動き出さなかったら、私はなにもできなかった。私だけがおまえを見つけても、おまえだけが私を見つけても、なにも起こらなかった。互《たが》いに見つけたのだ。

「神さま！」

ツルの神は消えてゆきました。

「ありがとう、神さま……」

ランペシカは、深く頭《こうべ》を垂《た》れました。

そして、包丁をにぎると、ツルの神がくれた肉を切り、帰ってくるチポロたちのために、くつくつと鍋《なべ》を煮始《にはじ》めました。

菅野雪虫（すがの　ゆきむし）

1969年、福島県南相馬市生まれ。2002年、「橋の上の少年」で第36回北日本文学賞受賞。2005年、「ソニンと燕になった王子」で第46回講談社児童文学新人賞を受賞し、改題・加筆した『天山の巫女ソニン1　黄金の燕』でデビュー。同作品で第40回日本児童文学者協会新人賞を受賞した。「天山の巫女ソニン」シリーズ以外の著書に、本書の前作にあたる『チポロ』（講談社）、『羽州ものがたり』（角川書店）、『女王さまがおまちかね』「女神のデパート」シリーズ（ともにポプラ社）がある。ペンネームは、子どものころ好きだった、雪を呼ぶといわれる初冬に飛ぶ虫の名からつけた。

【主な参考書籍】

『アイヌ神謡集』知里幸恵・編訳（岩波文庫）

『アイヌ童話集』金田一京助、荒木田家寿・著（講談社文庫）

『アイヌの昔話—ひとつぶのサッチポロ』萱野茂・著（平凡社ライブラリー）

『カムイ・ユーカラ—アイヌ・ラッ・クル伝』山本多助・著（平凡社ライブラリー）

ヤイレスーホ

2018年６月26日　第１刷発行
2022年６月１日　第２刷発行

著者……………………菅野雪虫《すがのゆきむし》

発行者　………………鈴木章一
発行所　………………株式会社講談社
〒112-8001
東京都文京区音羽2-12-21
電話　編集　03-5395-3535
販売　03-5395-3625
業務　03-5395-3615
印刷所　………………株式会社ＫＰＳプロダクツ
製本所　………………株式会社若林製本工場
本文データ制作　……講談社デジタル製作

KODANSHA

© Yukimushi Sugano 2018 Printed in Japan
N.D.C. 913 268p 20cm ISBN978-4-06-221054-6

定価はカバーに表示してあります。

落丁本・乱丁本は、購入書店名を明記のうえ、小社業務あてにお送りください。送料小社負担にておとりかえいたします。なお、この本についてのお問い合わせは、児童図書編集あてにお願いいたします。

本書のコピー、スキャン、デジタル化等の無断複製は著作権法上での例外を除き禁じられています。本書を代行業者等の第三者に依頼してスキャンやデジタル化することは、たとえ個人や家庭内の利用でも著作権法違反です。


本書は、書きおろしです。

リーズ　全7巻

ここが〝雪虫ファンタジー〟の原点。

落ちこぼれ巫女、がんばる！

三つの国を舞台に、
運命に翻弄されながらも、明るく、
自分ができることに最善を尽くすソニン。
人々と交わること、
セカイを知ることは、
こんなにもあったかい――。

一．黄金の燕

二．海の孔雀

三．朱鳥の星

天山の巫女ソニン

四．夢の白鷺

五．大地の翼

巨山外伝　予言の娘

江南外伝　海竜の子

講談社文庫版は一巻から四巻まで発売中。

チポロ

菅野雪虫

菅野雪虫のアイヌ・ファンタジー

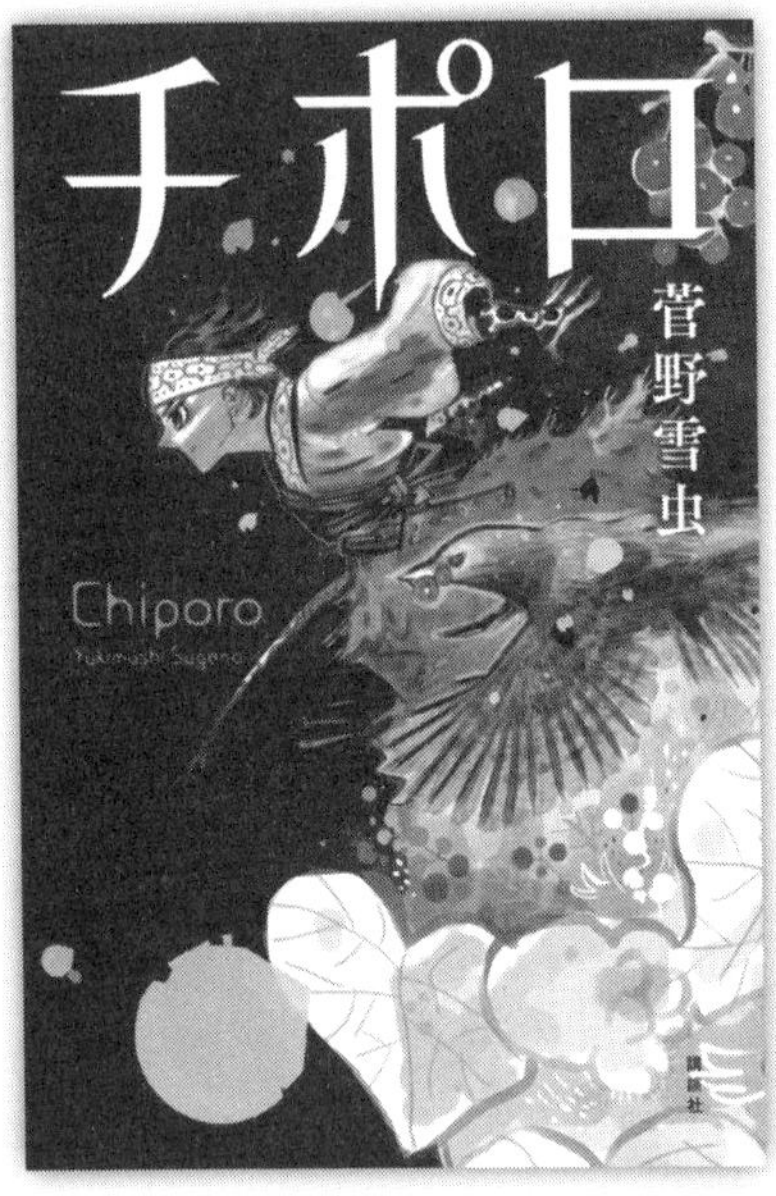

力も弱く、狩りも上手ではない少年・チポロ。そんなチポロに、姉のような優しさで世話を焼く少女・イレシュ。彼らの住む村に、神であるシカマ・カムイが滞在し、〝魔物〟たちが現れることを告げる。そして、その言葉どおり、大挙して現れた魔物たちは、イレシュをさらっていった——。

ヤイレスーホ、イレシュ、そしてチポロの因縁が描かれる長編ビルドゥングスロマン！